Michael Ein Jugendbuch für die Infantilgesellschaft

Elfriede Jelinek

米夏埃尔

〔奥〕埃尔弗里德·耶利内克 著　余匡复 译

人民文学出版社
PEOPLE'S LITERATURE PUBLISHING HOUSE

著作权合同登记号　图字 01-2019-8051

Elfriede Jelinek
Michael　Ein Jugendbuch für die Infantilgesellschaft

图书在版编目(CIP)数据

米夏埃尔 / (奥) 埃尔弗里德・耶利内克著; 余匡复译. —北京:人民文学出版社,2020
(中经典精选)
ISBN 978-7-02-016049-5

Ⅰ. ①米… Ⅱ. ①埃… ②余… Ⅲ. ①中篇小说-奥地利-现代 Ⅳ. ①I521.45

中国版本图书馆 CIP 数据核字(2020)第 014874 号

总 策 划　**黄育海**
责任编辑　**卜艳冰　李　翔**
封面设计　**汪佳诗**

出版发行　**人民文学出版社**
社　　址　**北京市朝内大街 166 号**
邮政编码　**100705**
网　　址　**www.rw-cn.com**

印　　制　**上海利丰雅高印刷有限公司**
经　　销　**全国新华书店等**

开　　本　**889×1194 毫米　1/32**
印　　张　**7.25**
字　　数　**126 千字**
版　　次　**2020 年 9 月北京第 1 版**
印　　次　**2020 年 9 月第 1 次印刷**

书　　号　**978-7-02-016049-5**
定　　价　**55.00 元**

如有印装质量问题,请与本社图书销售中心调换。电话:010-65233595

中经典
精选

Novella

本书情节纯系杜撰

如与在世之人有相似之处

纯属偶然和巧合

你们好，我亲爱的朋友，我很高兴，终于亲自认识你们了！

在你们身上仅有一件事情干扰着我：总以为是别人的过错。如果你们从楼梯上滚下来，或者被汽车压死了，或者丢了你们的差事，那你们得先好好看看自己。

更精确地调整图像的清晰度，揿钮大得够让你们看见的了，不是吗？你们当中有的人已经成为真正的小专家了。其他人当然还得好好练练。

对了，周末，再给一个建议：

如果看电视的时候觉得冷了，那么在感冒之前，赶快去取件暖和的夹克衫！夹克衫就在箱子里，没人把它拿走，真的。

叙述

只在一旁瞅着的人，人们叫他们看白戏，所有其他人形成一个大的读者群体。

从一侧门里跑出来的是英格丽特，从另一侧门里跑出来的是盖尔达。她们是商店学徒。她们一直没有经历过谈到的小事儿。

她们在报纸上总读高年级女学生课外时间干什么事儿。有时候她们并不懂这一切。如果有人问她们，她们便这样回答：礼拜五下午四点钟，一周的工作就结束了。

礼拜五下午四点钟我们感到这样的快乐和自由。这就是所有她们能做到的。她们就像白痴一样，一再地重复着。

要当心“太多”！这看上去有点一本正经。

我们只想在一旁稍微观看一下。我们不想弄坏任何东西。我们一声不响，不干扰他人，那是当然的。有什么麻烦事儿我负责。我拍摄漂亮的衣服。如果你们勤奋，那么也许你们生日时可以得到一件新衣服。

但我首先要拉开你们的拉链。我用我张开的手直搂你们的脸，你们仰面朝天。我为你们出主意，我还回答你们的问题。迷你裙还没有过时，迷你裙和与服装颜色相配的羊毛袜一起，又时尚起来了。在你们的腰骶部我给你们每人一下子，打得你们跌跌撞撞。

亲爱的盖尔达，在您的缝补盒里还有牛皮零料吗？没有了？那就当心我踹掉您的上下门牙吧，亲爱的盖尔达。

不勤奋就没收获。可是我勤奋了也少有收获。因为你太不勤奋了。

英格丽特，请您过来一下。我要把您的双手从它们原来的地方拽开。它们下面看得见的东西实在太难看了，以致你们实在不能朝镜子看。这件暖和的特长大衣多漂亮啊！我可以试穿一下吗？我穿了它，看起来肯定很滑稽可笑。可穿着它真够暖和的。

你们恐怕首先该用布丽吉特[①]节食法去掉你们超量的体重，然后目标明确地去做有氧体操。

请，请吧！摄影师戈登用他的摄影机三脚架狠狠地打盖尔达披着金黄色头发的额头，盖尔达当场摔倒，她躺在那里，一道鲜血汩汩地从她的右眼流到太阳穴，再从太阳穴流了下来。红红的血迹立刻呈网状布满她的头颈。

如果人们想要什么东西，该怎么说呢？请，请说吧。我什么也没有听见。请说吧！说啊。尽管如此，我还是把她们的狐皮领子塞到她们的头颈里，弄得她们只好直喘气。

这个值多少钱呢？

---

① 布丽吉特（Brigitte），英、法、德等欧洲国家常见的女性名字，已成为女性和女性时尚的代名词。以它冠名的不仅有女性健身中心和女性杂志，还有女性服饰、女性用品商店等。

这应该是最后提的问题。

我的英格在哪里？过来给个轻吻。快！

英格，请您到我这里来一会儿！我要给您吃点苦头，让您像架弹球游戏机一样直直地站起来。

这料子多漂亮多柔软。柔软得比我晓得的所有柔软的东西还要柔软。英格丽特用两个指头抚摩着它。她经常问：我可以吗？我是不是能？我能试一下吗？她说着“请”，说着“谢谢”。

尽管如此，什么使英格丽特疼痛呢？是大头针，它们从皮下直刺到手臂。还有一把尖尖的剪刀刺进英格丽特的右上腿，这使她突然大叫起来。她大喊：妈妈，我可以吗？我是不是能？我能试一下吗？可谁睬你啊！

说一说男性同事：霉得直叫人恶心，古老年代的愚蠢翻版，毫无美感，不成比例，不合时代潮流，毫不实用，包装得滑稽可笑，笨手笨脚，遮遮掩掩。

我作为男人当然只为我们男人说话。

我不允许蓬松的鬈发，不允许上班时穿长裤[①]，小姑娘必须

---

① 即必须穿裙子。

穿白色工作罩衫。

盖尔达，我真高兴，我们在单位之外碰过一次头。这样要无拘无束得多。我托住肚脐把她高高举起，又把她肚子朝着墙壁，噼噼啪啪地打。她滑来滑去，真像一个滑冰运动员。

你们就该有这么一手，专事搭配的专业女士这样认为。用套衫搭配女衬衣或者新的女式背心，这样的搭配即使在工作单位里看起来也总不错。

我们必须穿着罩衫去上班。

突然事态变得严峻起来。专事搭配的专业女士解下她的带金属铆钉的麂皮皮带，用它朝我们的盖尔达脸上打去。像鼻梁骨这样比较小的骨头立刻就断了。如果它没用厚点的材料垫上的话，皮肤也会裂开的。

您为什么要这么做？叹气。我的上司这般严厉地对待我们，现在您又这么严厉地对待我们。我们的确已经够卖力的了。

我想补充一下我女友的看法。我认为，您是不可以殴打我们的，因为我们在办公室里已经够忙了。

我要挖出您的右眼，在空空的眼窝里捅来捅去。也许您说得对，但变化是不会一个早上就到来的。您的右眼已经流出浅红色的血水。您现在成了一个只有一只眼和一只空眼眶的人，盖尔达。双眼盯在新的东西上，然后跳来跳去，因为它们越来越只能平面而不是立体地看东西了。它们观察距离时已经有错觉了。

这样是不行的！在你们的业余时间你们可以聊个够。那么为什么你们要吼呢？单纯质朴就是王牌。

盖尔达像只青蛙似的倒下，略微喊了一下，然后失去了血色。

摄影师里柯比其他人更懂漂亮的面孔，他在加油站好意地亲自把橡皮管子伸到油罐里。他指指停车处空当的一部大众汽车。一位金黄头发的姑娘微笑地表示感谢。她戴着一副墨镜和一顶有趣的松松的帽子。汽车后座上是五颜六色的一大堆东西，乱七八糟。重重的一个包裹，还有更多印着时装公司标志的购物袋。车来车往里有这么多叫人并不注意的东西。

我们想一同跟着。英格丽特和盖尔达羡慕地东张西望。我们在商店学徒的后面跟着。

但里柯的一只靴子在我们的盖尔达脖子里嚓嚓作响，把她弄成了两半。她的左脚在哪里呢？它看起来严重扭歪，似乎已不再属于身体。在戈登有节奏运动的头部下面，谁在那里迂回而进呢？对了，是英格丽特。对时髦的天鹅绒或者毛料裤子，她的上司肯定没有什么可反对的。特别是再用一件宽大罩衫掩盖住她宽阔的臀部的话。

英格丽特羡慕所有这些人：他们面对吹来的风，竖起他们胶布雨衣的领子。当头发吹到额头上，他们总漫不经心地把头发梳理到后面。

盖尔达渴慕地看着所有穿高筒靴子的人：他们紧抱着有长皮带的挎包，把太阳镜推到额头上，戴着大大的戒指，正巧要迈进咖啡馆去。她们两个：圆圆胖胖。面对她们的丘疹，她们毫无光泽的头发，她们超乎平常的体重，她们什么都没有做。她们丝毫没有打扮她们的皮肤，没有扑粉，只用了一点唇膏（过于淡黄，不适合面部的肤色）。英格丽特的双脚踩破了柔软的麂皮软鞋，而这和材料绝无关系。

她们问，这怎么可能：有些人毫不费力地把他们身体的重量从一只脚移到另一只脚，这样做时仿佛什么都没有发生。这怎么可能？有些人点着一支香烟，与此同时，他们看起来似乎每天都这么做似的。

请您只是不要相信我们没有看见他们。

您有一个朋友了吗？

没有。我必须十一点回到家里。

大锤的压力把布娃娃高高地抛到了空中，然后布娃娃又落到墙边。

这情景看起来像是在什么地方也发生过。

维尔纳为我打开了门。我满眼是泪，什么也看不见。我一屁股坐到一张锦缎软椅上。我的雨衣湿漉漉地粘在我的双腿上。手套已经丢了。白色的针织裤子也已经脏了。我想，我看上去从来没有这样绝望过。维尔纳轻轻地说：你真漂亮。

我低下头，让我的头发像一道幕布垂在我的面前。维尔纳把头发小心翼翼地理到一边：我要看看你！我闭上了眼睛。我太疲倦了。温暖开始慢慢地流到我僵硬的四肢。

虽然剧终这个词还没有映到银幕上，但幕布已经降下。

没有坏的天气。只有不合身的衣服。

我亲爱的！

你们肯定去过电影院。

叙述

维利·菲施对他的儿子托马斯说：我有些话必须对你说。你有一个兄弟。停顿。维利·菲施对他的儿子——在电影里他叫安德列阿斯·安格尔曼——难堪地说：这当然是我认识你妈以前很久的事。安德列阿斯的脸上掠过一道光，随即掠过一丝微笑。可以看出，他肯定很爱他的妈妈。

您好，请进。我们到英格·迈泽的家里拜访她。她开心得一面在圆圈里跳，做侧手翻，一面说：我不知道，为什么人们这样喜欢我。恐怕是，他们在我身上看到的不是一个布娃娃，而是一个活生生的人。

您不害怕吗？我不咬人。我是一个像你一样的人。英格在挖鼻子，在木地板上来回打滚，坐到了烟灰上，猛然用额头去撞墙，弄得她全副牙齿咯咯作响。她用食指挖鼻子，撑开鼻翼。她把花瓶中的花弄整齐。

我终于成了他们中的一个。但现在，我已不再是他们中的一个了。

托马斯在练习《罗密欧与朱丽叶》中的斗剑场面。他非常勇敢，孩子气地目空一切，可是在这后面潜藏的是极端的严肃。女演员吉塔（她扮演朱丽叶）热情地注视着他。她大笑。突然她变得极其严肃。

英格·迈泽在助跑，高高地冲到墙上，迈着我们大家熟悉的摇来摆去的步伐走到地毯上，丢了鞋子，女式衬衣也松开了。她突然撞到了脑壳，撞得脑门儿开花，鼻梁冲到正面墙上，下颚骨撞到颈椎，骨头啪啪作响，撞得马上断裂。英格看上去怎么老这么难看，以致我们要屏住我们的呼吸，亲爱的读者。我所做的，其实并不是蹩脚电影院里的蹩脚演技。我永远是我，我们是不是把这个叫做自然？英格在鼻孔里挖来挖去。

有趣的是托马斯要说服他的父亲维利：虽然他早已放弃了

他的学业并且要去做演员，但他还是一直要住在大学生宿舍里。一个女朋友把她的房间转让给了他，为的是让他的父亲相信，一切都很正常。但是女朋友的女朋友丝毫不知道转让房间的事，径直走进了房间。她以为，他是她的女朋友。她对托马斯说：我不知道我的胸罩戴得对不对头，你是不是可以给我弄弄正？当她看见托马斯和维利时，她尖叫着跑掉了。老爸微微笑着，心里想：他的儿子真是一个好汉！

英格·迈泽自从她的丈夫死了以后，一直一个人住在这幢漂亮的房子里。花园要费很多劳动，花园也带来很多快乐。我们先说，这真是一幢漂亮房子，接着我们把钉子敲进贵重的家具和图画中。我们把墙纸剥下来，把尿撒在壁炉里、地板上、花瓶里和喷水池里。

我只是为了拍照才把自己打扮漂亮。她用果酱和苹果泥涂抹自己。这苹果泥是我自己做的。这样真叫人放松。她舔去墙上的污渍。英格·迈泽对我们说：肯定有很多人不能每天给他们的太太送花或送礼物，可是这些太太还是知道，她们正在被爱（爱着）。我的情况也如此。英格因为高兴而拍打肚子，以致脂肪在那里隆隆作响。她抓住自己的头发往上拽，一簇簇的头发被拔了下来。她还对着地毯用力踩，踩得自己的小腿都弯了，足部也突然往外撇，不能拐弯了。她吐着唾沫把自己埋到鲜花肥料里。

维利·菲施当然非常清楚，他的儿子要当演员，但是他什么也不想让人看出来。托马斯对他这样地信任，他要托马斯自己对他讲实情。

为了也出一点力，我为英格·迈泽把整个儿松紧带拉长，再让它啪地弹回到皮肉里。红红的条痕立即显现出来。亲爱的姑娘，亲爱的小伙子，照着这样做！您要不要为您的阅读小组弄个名人亲笔签名？只要让她动心的，英格都想要搞到。这实在太多了。还没有一个大师是从天上掉下来的。英格用她的下嘴唇正在地板上的脏物里找什么东西。我们大家齐声说：您别吐！橡皮鞋底朝她头上掴了一下，以致她做了一次平生最大的跳跃。

年轻的女演员吉塔（朱丽叶）和托马斯（罗密欧）朗诵他们的台词（阳台一场）毫无感情，非常单调，台词里没有潜藏着灵魂。这原因是，他们在悄悄地相爱，可是又有许多东西横在他们中间（比如托马斯的谎言或者吉塔对女大学生的嫉妒，她认为这个女大学生就是横在她和托马斯当中的东西。可是在她和托马斯之间其实什么也没有，他们不过是好伙伴。看电影的人知道这个，遗憾的是吉塔不知道）。只要吉塔知道了真相，托马斯用不着再说谎，他们俩表演时就会突然非常真挚，演得非常到位。

英格非常兴奋。英格回到了家里。英格感到幸福。一切都为了英格。英格又回来了。我们正等着你，英格。英格的大秘密。姐姐，英格的伤痛。给英格一个母亲。贵族小姐英格内心有渴望。伯爵夫人英格的房子。英格和我们。我们和英格。一生对我忠实，英格。那另外一位男人要干吗，英格？英格在外国。为什么你不信守自己的诺言，英格？

叙述中的叙述：门铃声。谁来了？一家人——父亲母亲两个孩子。您好，迈泽太太。我们可以得到您的亲笔签名吗？我们总在电视里看见您。英格对两个孩子说：进来，你们会得到你们要的亲笔签名，还有花园里种的水果。英格对这对父母说的是真话：这真是放肆，在她的私人生活中有陌生人来扰乱。职业和私生活必须分开。你们从哪儿学来了你们这种举止？在他们的孩子面前，这对父母非常难为情。

现在，亲爱的姑娘和小伙子们，让我们把点心掷进我们的英格的嘴里，她的咽喉已经张大，其他部位都粘在一起。马的牙齿在空中到处寻找着，因为这些牙齿喜欢好点心却得不到。或者说得更清楚一点：它们得到的都是垃圾和发霉的坏东西。在喊叫声中英格被迫踩到她刚才呕吐出来的东西。没有点心，只有惩罚。你们也可以一起演，亲爱的姑娘和小伙子们，即使你们在练习中并不这么好！

提台词者——一个老怪物（大笑），他说话还口吃（大笑），他吃吃地说：这个凯……凯凯因茨，排排排……阳阳阳台一场，总总总……从阳阳阳台上……掉掉掉下去。三三三米深深（大笑）。年岁较大的性格演员激动地说：这个古怪的年轻人不会去模仿“掉下去”的……可这时托马斯却正好掉了下去。他当时正在说一句长台词，这句台词蕴藏着他灵活的身体的全部力量。他双脚双手摔倒下去，手微微擦破了。吉塔为他包扎。托马斯显得大胆、有力、年轻、勇敢、不惊慌、有天才、狂野、不驯、强健。

我的丈夫当时也罢工。您知道这把我和孩子们弄成什么样吗？我当时不知道，该从哪儿去弄来第二天要吃的东西。但愿人能变得稍微理智一点！这么干对任何人不会有用，只会有坏处。

噔噔的可怕一击真正清除了英格·迈泽脑瓜里的幻觉。您不坐一坐吗？光和阴影在没有老年迹象的脸上变换着。

吉塔当时还不认识托马斯，她错误地把她的小跑车开进了单行道。托马斯充满活力地坐到驾驶盘旁，把汽车从单行道重新倒了出来。他对警察说，他正在练习开倒车。他是宽厚的。他问吉塔，您从事什么职业？我是女演员。我在节日联欢会上演朱丽叶。托马斯傲慢地取笑这位年轻的女士。当吉塔在台上排练，看到托马斯成了她的搭档时，人们看到她的脸上表现出叫人没法想象的惊讶。作为演员他们还有许多要学习的，作为人，那她会待会儿再说。

迈泽太太是一个怪人。

再来几只梨作为告别好吗？自己采的。伸过手来！我们打掉了英格·迈泽手上的梨，再在她伸开来的手掌上打了几下。一双儿童般的小手。为的是让您注意：不是这样伸手的。她的脸变得血红。你们看，亲爱的姑娘小伙子们。多么笨，多么不灵活！新鲜的好水果从她手里滚了下去，还没有吃就落到了地里。浪费。被人责罚过的手很快地缩到背后。我们还嘲笑了她好一阵子，一点也没有动她的礼物。我们喜欢看她的脸怎样变得越来越红。

现实

如果这里有个人有臭味，那么肯定不是我。那么您就从容地去调查这股臭味从哪儿来的吧！

叙述后的叙述

布费，乔迪！我们已经来了，弗伦奇先生。和胡安一块儿来的。这是我们的弗伦奇先生，我们最好的朋友。嗬，孩子们来吧，戴维斯先生在等着。这究竟是谁啊？这是我们的同学，弗伦奇先生。他是波多黎各人，叫胡安。波多黎各人，你指的恐怕是乔迪吧。对的，他还是他弄堂里最好的棒球运动员。嗬，您好，胡安，我们在什么地方可以让您下车？布费和乔迪现在得回家了。是的，去比尔叔叔那里。你们的比尔叔叔肯定是个好小子。他是。他什么都会。对不对，弗伦奇先生。哈哈，孩子们，现在我们可真该走了。弗伦奇先生，胡安就住在拐角上，就在我们去的路上。我们可以去看一看他住得怎么样吗？我家里可不怎么好，乔迪。肯定不会有你们那里好。我母亲和我父亲必须全天工作。那么谁照顾你呢？胡安。我自己烧饭。也会清理房间。我想去上大学，这我就得学很多。嗬，世界属于能干的人，胡安。你肯定会成功，胡安！你真相信，布费？是的。你们不想一块儿到我那里去吃饭吗？我给你们烧点好吃的，你们最爱吃的菜。噢，对了，胡安！香草冰淇淋。哈哈，孩子们。冰淇淋可不能自己做，即使自己做也难吃。不，亲爱的胡安，这恐怕是不可能的。戴维斯先生在等着我们。真遗憾。我们已经到了。你就住在这里啰。多可怜，乔迪。别作声，布费，否则他会感到伤心的。他只是伤心。对我们的小朋友我们应该客气一点。对不对，布费。您认为呢？弗伦奇先生。什么？只有厨房和卧室？你们大家住这儿？你们的电视机在哪里？我们没有，但是妈妈上礼拜买了一台旧冰箱。你们要看看吗？你在这里也可以得到你的一只冰淇淋球，乔迪。呸。我马上掷掉它。现成买的冰淇淋味道要好得多。遗憾，我可觉得它很好吃。嘻嘻，费伦奇先生，对他说来，一台冰箱是一件特殊的东西。呣，布费。别出声！亲爱的胡安，我以为这张床如果有一个色彩鲜艳的床罩，看起来会舒服一点。床罩你可以自己做，或者你母亲做。你的年纪也够帮帮忙了。我们可没有床罩，弗伦奇先生。我父亲好久没有工作了。那我可无论如何要打你的手指头，必须惩罚一下。啊，弗伦奇先生，你为什么打我？我可是布费和乔迪的朋友。不，胡安，你不再是我们的朋友。我们不要家里地板脏、家具又老又难看的朋友。我们家的要漂亮得多。胡安应该成为我们的敌人吗，乔迪？噢，是的，布费。

你现在成了我们的敌人，胡安。乔迪用他的教科书打你的头，这很有趣！别说了，乔迪。我可不赞成。我非常喜欢继续成为你的朋友，但我不知道，我该做些什么。你什么都不可以再做了，胡安。胡安必须受罚，对不对，孩子们？是的，弗伦奇先生。比尔叔叔也许也不愿意我们继续和你一起玩。我们现在还得再打你，胡安，让你注意一点。噢，你们把我弄疼了，弗伦奇先生。我说戴维斯先生，他们不可以打我。我可没有冒犯你们啊。你也许并不知道，你不断地在冒犯。凡涉及孩子们的一切安排，戴维斯先生都是同意的。我的木棒在你黑头发里理出第二条头路。布费，如果我给你意大利人送给我的苹果，请你停止打我好吗？好的，胡安。如果你送给我苹果，我们就回家，就不再打你。同意吗乔迪？同意，布费。这里，给你苹果。哎哟！你为什么把我的好苹果掷到我的脸上？我要给你一件礼物。此外我就再没有什么可给你的了。没有玩具。也没有真正的棒球拍。你没有汽车？我收集汽车。不，乔迪。但是我可以帮着抬箱子。得来的钱我给你买一部上发条的漂亮汽车。但是现在请你让我安静一下。我马上踩你的胫骨，胡安。我有足够的汽车，这么漂亮的汽车，是你不可能为我买的。你真笨！如果你坚持对胡安的看法，那么你当然要惩罚他了，乔迪。那你只为他做些好事。每个人应该有他自己的判断，永远不让贿赂来改变自己的看法。你已经懂得一些非常本质的东西了，乔迪。是的，弗伦奇先生。我们继续下去。我想，比尔叔叔今天将对我们非常高兴。这我也相信，乔迪。布费，把捅火钩递给我！我们要教一教胡安你们在公园里一直玩的赛跑游戏。这里吗，弗伦奇先生？玩这个可要有地方。当然也可以在这儿玩。不过你们不可以像往常那样打来打去开玩笑，而是要认真。认真，费伦奇，好吗？哎哟，布费，这可是最最开心的了。你们每人找一样东西，然后朝着胡安打。如果他想逃跑，我会马上用捅火钩。啊好，费伦奇先生。我们最喜欢的游戏！谁先开始？布费开始。你应该让你的小妹妹先来才对，乔迪。好吧。开始，布费！啊——布费！这样我痛，我要喊了。好吧，只管喊吧，胡安，这比在公园里有趣多了。不，乔迪！你记得吧，今天上算术课时我把我的新橡皮借给你了。这又有什么，胡安。尽管如此，我还是要打你。如果弗伦奇先生来抽你，那比我们打得要痛得多了。弗伦奇先生比我们个儿高比我体力强。哎哟，布费，你现在打得我太重了！我就是要重重打你，胡安。这正是我们游戏里最带劲的。总有一个人要遭重打。那么为什么遭重打的是我呢？难道还有别人吗，胡安？布费，请停止。如果让我走，我给你做一只漂亮娃娃，而且再不碰你的身体。做娃娃是我哥哥教我的。我有许多布娃娃，还有许多更加漂亮的。这里给你一个！哎哟，真漂亮，布费。你有了窍门。你也是我们中打架成性的人，你多起劲！我希望，我也会这样。你只要多多练习，乔迪。你肯定会做到。你瞧，他已经栽倒了。你已经好多了，乔迪。戴维斯先生会高兴的。是不是我也可以和“老虎”玩玩，这样以后可以参加选手队。那没有问题，乔迪。照着做，乔迪！这很容易，关键在于有拼劲，要瞄准。你瞧，要这样！哎哟，布费。这正打在脸当中。这样玩不规矩。我们不够规矩，胡安。只要把门牙吐出来就行了。你今天也有了进步，布费。谢谢，弗伦奇先生。不谢不谢，布费。现在让我走。每一下打在我身上都让我痛，你打得太厉害了。胡安，从来没有什么太厉害的，你要注意这一点。我们现在是不是歇手啦，弗伦奇先生。我们来表决吧，孩子们。你的意见呢，乔迪？好吧，弗伦奇先生，比尔叔叔肯定已经在等我们了。嗯，考虑到戴维斯也需要我帮忙，我们就在这最后的一次训斥后上路回家。胡安，你在请求乔迪吗？不，弗伦奇先生。你会再向布费伸出手去吗？不，弗伦奇先生。你现在会让布费和乔迪安宁吗？会的，弗伦奇先生，我向您保证，永远不这样了！我希望你信守诺言，胡安。好吧，这一次就到此为止了，是吧，孩子们。好吧，弗伦奇先生，但是请您告诉他，如果他不信守诺言，那有他受的。如果你不信守你的诺言，那就有你受的。现在，他这个胆小鬼号叫了，呸。真不害臊。嗬，无论如何你们今天有许多可以给你们的比尔叔叔讲的了，是不是，孩子们？是的，弗伦奇先生。我们现在是不是可以去马戏团？我想，这个我可以答应你，布费。真好，弗伦奇先生！

哈啰，亲爱的小伙子和姑娘们！

演这一个小场景！你们事先仔细考虑一下，谁愿意演什么角色。事后再考虑就太晚了。你们先细心地读读台词，分配好角色。谁注意到了这大部分？读的时候引起你们注意的是什么？你们当然也可以杜撰些你们自己的句子，或者你们也可以按照现实中怎么说就怎么说，这样甚至还会特别有趣。如果你们就像生活中那么演，这就叫真实，如果你们生编硬造，这就叫谎言。那么这里的台词该叫什么呢？说得不错：叫谎言。你们已经非常在行了。

现实

伊达·洛加尔斯基审视地看着米夏埃尔。

特露德欣，我不知道，但是一段时间以来这孩子有点花头。我可以肯定，他有什么事情瞒着我。瞒了一个姑娘？不。那我会知道的。你相信吗，特露德欣？等一等，这些开飞机的。不打电话，那就会安宁得多。

现实的继续

你猜猜看，我今天为这磅小牛肉付了多少钱？什么？什——么？伊达，你真是疯了。别作声，米夏埃尔刚好回来了。什么？原来这样，那当然！肉价现在疯涨。可惜我现在得走了，伊达。再见，特露德欣，下次再见。

还是这同样的现实

米夏埃尔，你究竟发生了什么事？已经没法再跟你讲话了，你要么装聋，要么看着窗外。

噢，没事儿，妈妈。赶快说出来，我从你的神情上已经看出来，有什么事儿不对头。噢，妈妈，只不过是……你说，是什么啊？妈妈。如果你一定要知道，那么告诉你吧，是帕特丽齐亚，一个小姑娘！年轻人认识了一个姑娘，没把这事儿跟自己的妈妈讲。啊，妈咪，你总是马上就……孩子，说吧，她怎么样？她叫什么？叫帕特丽齐亚，你已经对我讲过了。你在哪儿认识她的？米夏埃尔，那么明天带她到家里来喝咖啡。赖纳也来，然后我们出门，非常舒适，只有我们。妈妈，如果你同意，就这样吧。去，把她请来！妈妈，我谢谢你。哎你这个蠢东西！交了个女朋友，对谁也没有说起！

米夏埃尔第二天把帕特丽齐亚从她当女秘书的工作单位接了出来。第二天，米夏埃尔在中午休息时间就去找帕特丽齐亚了。帕特丽齐亚，我要给你一个惊喜。你猜猜看。真的吗？我妈妈今天下午请我们喝咖啡吃点心。

帕特丽齐亚带着一丝母爱的神情微笑了。她心里肯定愉快。但是接着一阵阴影布满了她的脸庞，她把她金黄色的头发在颈背扎成一条马尾，她穿着一件超短裙。她是摩登的，但并不太摩登，是一个合适的同伴。

米夏埃尔，真是非常遗憾。我刚好想起来，我的老板今天请我迟一点回去。有一件紧急的事情。我没有办法说不，这你是理解的。就下一回吧。米夏埃尔神情有点严肃。他容易生气。可以觉察到：这两个人中间有些他们都试图努力掩藏的东西。

可以觉察到他们话中没有说出来的话。

可以觉察到还有一个看不见的第三者在房间里面。

可以觉察到这一切看起来顺顺当当的，但并不是那么顺顺当当。

否则米夏埃尔为什么要偷偷地观察她怎样从写字楼里出来走向一个年岁较大穿戴整齐举止文雅头发灰白的男子，和他一同乘上一辆敞篷美国汽车并且马上把车开走呢？米夏埃尔问了问那个残废军人——现在的大楼保安，但他没有直截了当地问，而是转弯抹角：我听说，这位老板又把企业扩大了？去年肯定销售不错。企业蒸蒸日上。他不断在雇用新员工，该要给他的员工办个幼儿园了，这过去哪儿有啊。请您告诉我，那个坐在白色美国大轿车里的是老板吧？不不，老板到外地去了，礼拜一才会回来。可是您瞧那边，他正坐着，是他吧？不不，这不是我们老板。我们的老板眼下根本没有驾照，他的驾照老给没收。那个男人我不认识。

现在不知如何是好了？许多人猜出了什么，可是没有把它说出来。

米夏埃尔至今还稚嫩的孩子般可爱的脸庞上掠过一阵阴影。一年比一年成熟了，他慢步走回家里。

帕特丽齐亚，他的帕特丽齐亚有一个秘密。帕特丽齐亚，他的帕特丽齐亚欺骗了他。第一次欺骗了他。

伊达·洛加尔斯基立刻注意到了米夏埃尔的沮丧。儿子，对我说，你发生了什么事？帕特丽齐亚在哪里？我专门烤了点心。帕特丽齐亚没来。是啊……妈妈，让我安静一会儿。母亲的脸上突然布满了皱纹，从镜片下望出来的是忧郁的目光。

米夏埃尔的哥哥赖纳是个牙医，他跟他的太太也来了。晚上，他们大家去了一家安静高雅的酒吧。吃着。喝着。听着音乐。也许还跳一会儿舞。

无聊的现实生活。

可是等等！你们相信吗，在酒吧间里是谁穿着一身袒胸露背的黑色连衣裙紧靠着刚才说过的那位温文尔雅头发灰白的男子？对的，那是帕特丽齐亚。米夏埃尔的眼睛不自然地张得大大的，好像在狂热中闪光。他飞快地喝下他不习惯的烈酒。两个人都彼此低下头去，他们俩看起来都已经忘记了周围的环境，完全忘记了时间和空间。

由于拼命地喝酒，米夏埃尔的喉结在颤动着。突然他站了起来，拉着爱娃——他的嫂子，紧抱着她走进舞池。爱娃有点像姐姐，但有点男孩子模样，她很喜欢米夏埃尔，但不同于喜欢赖纳——她的丈夫。你今天多么文质彬彬。米夏埃尔和爱娃面贴着面跳舞。这时帕特丽齐亚看到了这跳舞的一对，她的脸色变得苍白。可是米夏埃尔装得若无其事，好像没看到她。帕特丽齐亚猛然站了起来，抽搐般呼吸着。陪着她的人不安地问她，帕特丽齐亚不给他任何回答，从他手中夺过了她的超短大衣，快步离开。她竭力止住眼泪。陪她的男人紧跟在后面。母亲的脸上掠过了总算有点明白了的表情。

米夏埃尔像个男子汉大丈夫似的喝醉了，在他的一生中第一次如此无聊地喝醉了。其他人都随他这样。年轻人就要这样发泄，就应该这样吞掉苦闷。在他身上有着某种极富浪漫色彩的东西。直到这个夜晚，米夏埃尔还从来没有这样喝醉过。

现实还一直在继续着：

门铃响了。

洛加尔斯基太太手放在唇边示意不要出声，跑着去开门。看得出，她有心事。是谁来了呢？是帕特丽齐亚，是她在期待的最后一个人。这两个女人，两个都爱着米夏埃尔的女人，每个人用她自己的方式，她们俩沉默无语地彼此望着。母亲首先理解，但还是表现得严肃。您请进。您认识我？我想是的，帕特丽齐亚。您知道？您请坐。非常简短，几乎不友好，非常冷淡，毫无热情，几乎一本正经，但内心里，冰已在融化。帕特丽齐亚为了爱娃而妒忌了，她不知道，她只是米夏埃尔的嫂子。她坐了下来。米夏埃尔在哪里？他没有在办公室里。我也不知道他在什么地方。突然，这个姑娘抽泣着躺到洛加尔斯基的怀里。一阵痉挛震动了她全身。这是世上全部的绝望。喔，孩子，还不至于这样吧。那个和米夏埃尔一起在酒吧间的女人是谁啊？原来是那个女人吗？哎哟，是那个女人？是那个！伊达·洛加尔斯基发出了响亮的温暖的笑声，眼角周围布满了成千条皱纹。她根本没法使心情平静下来。您觉得这可笑吗？伊达立即又严肃起来，表情认真地说（但是嘴角有点颤动）：您要我的儿子什么？我爱他。喔，您爱他，却还一面和陌生花花公子外出。这怎么会是我呢？比如昨天晚上。请您别再这样装模作样了。那小子简直可以做您的爸爸。帕特丽齐亚的脸上突然掠过一片阳光：米夏埃尔知道了？他看见了她，他以为……？这个笨小子啊！这个笨笨笨可爱的大小子，噢，妈妈！如果你知道多好！我知道，我的孩子，米夏埃尔和她一起的那位太太。真的？真笨哪，这是爱娃，她非常爱她的丈夫。她的丈夫？是啊，她爱赖纳——米夏埃尔的哥哥。

好吧孩子，现在我们煮咖啡吧，那个……米夏埃尔昨天喝得烂醉，没法再去办公室上班。因为我？当然是，小妮子，就因为妒忌。这些男人！

帕特丽齐亚走进厨房，流露出内心深处的喜悦。现在我可以煮我的宝贝咖啡了，帕特丽齐亚，我的孩子。我可以这样叫你吗？是柯斯特咖啡吧，妈妈。帕特丽齐亚发出大笑声。你真的觉得它味道很好？当然。这是你能得到的最好的咖啡。我出生四十五天以来一直喝它，说着狡猾地大笑。你知道柯斯特咖啡是谁生产的吗？不知道。是某一个有别墅的柯斯特厂主。那么谁是这个柯斯特呢？帕特丽齐亚笑得更厉害了。说吧，是谁呢？我的爸爸！什——么？那我先得坐下来讲！你难道是柯斯特食品厂厂主的女儿？是的。那个有连锁店的？是的。那个焙制咖啡的？是的。那个有别墅的？是的。米夏埃尔不知道这一切？他不知道，我不想对他说，我真的对他一见钟情，因此我要他只爱我，而不是爱我的钱。可是孩子，如果你真的了解米夏埃尔……是的，妈妈，现在我知道了：米夏埃尔不会因为钱财去爱任何人，现在我真的了解他了。现在我们也该当面对他说这句话了。什么？他在这里吗？当然在，帕特丽齐亚。他现在正用睡觉来醒他的酒呢。还有点事，妈妈。帕特丽齐亚双眼放光：他充满了智慧，他在他的单位是多么能干，我现在为我的父亲找到了一个真正的继承人。米夏埃尔有各种各样的创造力，他有想象力，坚定，但也有感情共鸣能力，有生意头脑，他什么都具备。我真高兴。那么那个在酒吧间的……我早就想到了，帕特丽齐亚，他准是……对的，妈妈，他是我的父亲。我已经对他什么都说了，他完全同意！同意我的儿子？我非常希望这样。啊，妈妈，我是多么幸福。我现在又有了一个母亲。我自己的亲娘很早就去世了。两个人彼此亲吻着，爱抚着，拥抱着，相互抚摩着，同时有点哭泣着。她们感到非常幸福。

突然门打开了，因喝酒而疲惫得睡眼蒙眬的米夏埃尔穿着睡衣睡裤出现了。当他看见对他说来那么重要的两个人在一块儿时，他像给雷电击中一样，一动不动地站着。莫大的惊讶表明了他的疑问和不解，接着是幸福地对他一切的疑问和不解的回答。原来是这样。我真是太傻了。可是这样的事情在生活里一再发生。

亲爱的姑娘和小伙子们

你们真的相信，富有的柯斯特和米夏埃尔以后一切都顺利了？耐心等着，不久你们就会听到下文。肯定有些事儿你们会觉得奇怪。那么比如是什么事儿呢？也许你们当中有些人的父亲并不开工厂，有什么能引起那些人的注意呢？你们讲吧！

叙述后的叙述

我实在太想看见这头温顺听话的海豚了。我只是旅行短暂路过这儿。据说他是所有孩子的朋友。据说每当他出现，气氛就变得欢乐。据说他会用他的绝招逗得大家高兴。据说他给我们带来幸福的时光。据说每个人都认识他——这头聪明的海豚。据说我们爱玩弹球游戏的人都喜欢这个所有孩子的朋友。据说大人们爱他也不见得少。

不要调皮，好好亲吻一下，要亲热。你真的一点不喜欢你的爸爸？您为什么把我的鲜美的苹果掷到水里？它味道可好啦。您究竟是谁啊？我们要把您带到我们爸爸那里。您不可以在这个珊瑚礁保护区钓鱼。瞧你多帮你老子的忙啊！

弗利珀用头对准鲨鱼猛撞，把它赶跑。血使水变得暗淡了，现在变成血色。弗利珀呼救，他受伤了。布德正在木板小桥边玩耍，他什么也不知道。弗利珀刚好能游出水面吃吃地告诉大家他在水下发生的事，接着就失去了知觉。爸爸，爸爸，快来啊，弗利珀出事了。赶快找船。水翻了起来。父亲和儿子都满怀忧虑，表情严肃地看着海面。

哎！马上把这东西还给那先生，这样的东西是不好去拿的。布德立即手上挨了一下。为的是让他以后注意。这样的东西一个乖孩子只用手套去拿，这个男人掉下的东西别去碰。请您马上把您从我手上打掉的东西捡起来！您跟我们的爸爸不能这样，他在这里是监管一切的。

波特尔·里克斯作为公职人员只有在温和的办法行不通时才用严厉的办法。他穿浅色的牛仔裤，浅色的衬衫。他的皮肤是深褐色的。他的几个儿子有四条腿和两条腿的游戏伙伴。他对金发姑娘们很有吸引力。

送礼比受礼有趣得多。您就让我来吧，波特尔，这真的让我很高兴。

布德，你不可以只因为他的冰淇淋不好吃就打他。这究竟怎么说呢？请说吧，好吧。那么现在呢？谢谢。好吧。等一等！你为什么把我的漂亮礼物掷进垃圾桶？弗利珀会对你不高兴的，如果他知道了的话。你是想使弗利珀开心，还是不想？

我可以向您介绍一下诺斯特兰小姐吗？干活儿时她总帮助我。她也会花样潜水。

这是件极有趣的事儿。很愿意，爸爸。我紧托住她的右腿和左臂。桑迪跪在她的左脚上，用肘把诺斯特兰的咽喉堵住。瞧，爸爸，诺斯特兰像只鸽子那样在伸缩她的头。现在轮到你了，爸爸！

不，波特尔，别这样。您想一想我们美好的友情，您真的要故意把这一切孤注一掷吗？

我要把这一切孤注一掷。我现在既温柔又男子汉般坚定地把您的头朝后扭，诺斯特兰小姐。干脆地、短短地吻一吻她。

唉，这几副小首饰属于我死去的太太，诺斯特兰小姐，唉。

哎哟，戴着正合适！我们的弗利珀也感觉到了，对吧？

您真该害臊，波特尔。

这是你一把新的生日礼品小刀，桑迪。

它很容易刺进你的手臂，是把锋利的刀。

儿子，你别从陌生人那里为我接受任何东西。

诺斯特兰小姐，我不允许！您把布德长久地按在水下，他的皮肤都发紫了，他还是个孩子呢。

弗利珀支持弱者反对强者。

波特尔！您别在您的孩子们面前这样结结实实地打我。

我下次一定把鸡蛋煮得嫩一点。

如果您波特尔自己字面上对尊重这个词还不懂，那么您的两个男孩怎么学会在一位女士面前表现尊重呢。就再来一次，爸爸，求求你，只再来一次。那好吧，孩子们，我同意了，一次之后得马上结束。如果弗利珀痛得越来越厉害，那你们得安排休息一下。你们明天不是还要再胜一回吗？

现在我可现场逮到了你。进你的房间去！弗利珀今天必须一个人玩。你现在得先好好地吃几鞭。哎哟，爸爸，这真痛。

您不识字吗？这里是保护区。我们现在去叫我们的爸爸。爸爸对此大加赞许。

爸爸，你是我们最好的朋友，弗利珀也是我们最好的朋友。不，弗利珀是我最好的朋友。错了：弗利珀是大家的朋友。

你们必须知道，孩子们：杰夫并不老是这样，他只是他母亲死了以后才这样的，他父亲没有时间管他，因为他忙着他自己的生意。你们得对他好一点儿。

爸爸，杰夫不友好！

自从我妈过世后，没有人真正对我好。不，没有人，杰夫。现在我们轮流打你。

布德，桑迪，你们让杰夫也轮上一次！哎哟，我的腿！杰夫，你可不灵活。我什么也不会，什么也不可以，我什么都干不好。我爸爸也对我一点不好，你们大家就是想甩掉我，我想我真不如死了。可是不，杰夫，你怎么可以这么说啊。如果你想成为一个好伙伴，布德和桑迪总会和你在一起的。你爸爸也很喜欢你。您真这样看，里克斯先生？完全肯定，杰夫，现在你们去玩吧！

弗利珀，弗利珀！

布德，你这个下流坯，马上停止对你弟弟啐唾沫。

瞧，爸爸，弗利珀咬去了杰夫三个脚趾，杰夫逗弄了他。这儿弗利珀在说话。烈日炎炎，没有人来把我的皮肤湿润一下。我的心里像是插着几把刀和几把大鱼叉。这些孩子折磨得我好苦。爸爸是这儿最重要的男子，是珊瑚礁的监管人。你爸爸是这么一个大亨？那我们还是偷偷溜走吧。

桑迪，你疯啦？你把我拦进捉鲨鱼的范围里了。爸爸，弗利珀对他的伤口没有办法。你钱够吗？不够，我得请爸爸给我预支。那你得洗一个礼拜盘子。

不，爸爸，我要用这块重重的厚板压在你的脑袋上，然后从你上衣口袋里把钱取走。

你们俩不可以相互帮助吗？一定要相互反对吗？

孩子们，你们小小的团体突然分裂了，这多不好。你们是一个大整体的一部分啊。

爸爸，桑迪的皮带夹紧了我的咽喉。

弗利珀不再理解这个世界了，他最好的朋友在相互殴打相互冲撞，以致水都已经煮过头了。

爸爸，你发觉了吗？布德痛得喉头在咕咕叫。

我的孩子，他已经非常好地适应了。

这一点他只要感谢布德和桑迪，他们俩教会了他关注每个细节。

爸爸，如果你称赞我们，那你也得称赞弗利珀，没有他，杰夫现在也不会和我们在一起。你说得对，布德。

桑迪，你把非常漂亮干净的东西弄脏了，这东西对你来说该是神圣的，这东西就是你爸妈的老屋，桑迪。

你们的小世界转动起来原则上和大世界一样。

布德，你抓住这条小船，我来发动。我们和我们的弗利珀一起把船开到淡水区。别让他逃脱，他会惊讶！

再说一遍，孩子：我们藏在这里，等着你的哥哥。你立刻对着他的背跳过去，反缚他的双臂。前面剩下的部分由我来管，好吗？那个地方他是根本不喜欢的。

波特尔，您在这里干的活是休养，我必须不停地反对这种事。

瞧，这漂亮的地方，瞧，这些美丽的棕榈树，瞧，这美丽的大海，瞧，这美丽的沙滩，瞧，这可爱的弗利珀，瞧，这漂亮的房子，瞧，这大摩托艇和汽车。

在我们这里度假，有许多度假小别墅，我们住在最漂亮的别墅里，我希望我以后也可以这样生活！

有个母亲为你们做这一切可真不赖。

桑迪和布德尽管幸运，可他们本是半个孤儿，真糟糕。

波特尔至今还没法克服丧妻之痛。他经常看她的首饰，他把它们保存在一只盒子里。但他们比许多别的有父母的人好多了。他作为看护人挣的钱还不多，我们警察挣的也不多。

他可不是办公室的牡马。

你想不想和桑迪一起潜水，杰夫？不，里克斯先生。我情愿一个人去散步。桑迪不过是一个乏味的小伙子。你对爸爸说了些什么？哎哟，桑迪！我什么也没有说。从我的腿里取出你的潜水员刀子！

我的爱好是潜水，我已经得过几次优胜奖金。不过我猜想，这个监督员说不定还会教我几招。也许他会带我一块去，如果我请求他的话，那我就有讲给同伴们听的东西了。

弗利珀是我们喜欢动物的朋友。旁边叉上了大鱼叉他就几乎不可能游泳了。

波特尔是不是迷上了那个金发姑娘？

这可不是给孩子们的，您可不能出示这玩意儿。波特尔多么需要经常救他的孩子们。城里发生的事儿没有这么多。

汽车就为了这些。

我希望我生日时会得到一整套潜水用的装备，那我就会拼命地练。弗利珀看见我的话，他会非常高兴的。如果我儿子能得到这么一个弹球游戏机[①]，他会开心得发疯的。这是他最强烈的愿望。

您难道没有看见我们想看电视吗？

我们两个想先擤擤鼻涕。这里，先拿我的手绢。为了打掉这么几颗牙齿，像你这么个大小伙子，是用不着哭的。

布德，游戏是生活很好的预演。你有时也得赏赐杰夫一点东西，否则你就必须交学费。

---

① 德文“弹球游戏机”（Flipper）一词与“弗利珀”写法一样。

让我们去试着尊敬别人特殊的地方吧。

你日后想成为什么呢？监管员，像波特尔·里克斯那样，整天可以在户外。这样生活可以花样多，有趣味，长知识。我喜欢稀有的动物和海里的植物。

他们有这一切，我想在那里度假。我在函授班里学的英语。我和里克斯肯定不久就会相互了解的，如果我对他说，我是从这么远的地方来的话，也许他会给我看电视里从来没有人看到过的稀有植物和动物。

布德，你把爸爸的脚缚到下面停小船的木桥下，我把他的双手缚在船边，然后我们加快速度，这准有趣。

快，弗利珀，把爸爸弄来！

我要有和这一样的一套潜水装备。

这活儿并不重，可是危险。

他们才不和我们这样无足轻重的人来往呢，这是生死攸关的。

真棒，爸爸，如果这一排子弹刚才没有打中他的背部，弗利珀恐怕已经够着这个球了。

我的儿子还从来没有看到过海，他只在电视里看到过，弗利珀是他最好的朋友。

在我们这里可惜只有相互敌对，没有像在弗利珀那儿的相互帮助。现在我参加一个有奖竞赛，会赢得去佛罗里达的梦幻之旅，去那里玩真正的弹球游戏机[①]，这里的弹球游戏机不过是普通的温顺听话的海豚，说不定我不久就会看见真正的弹球游戏机。

我儿子也是这么一个蠢东西。

我要攒些钱买这样一个氧气装置。

我的新朋友看起来和波特尔·里克斯很相像，除了头发。我会和布德和桑迪相处得好的。这两个是多么可爱的家伙，他们和大家相处得好的。你好，布德，我是杰夫，我也可以参加一下划船吗？你好，杰夫，我马上用桨打你的鼻梁。

深色头发比金黄头发更让我喜欢。

波特尔·里克斯是我理想的男人。

休假到哪里去啊？

我喜欢诺斯特兰小姐的连衣裙，但这里肯定买不到这样的料子。

好好努力，跟在后面，那你像布德和桑迪一样，总有一天也会这么好的。

现在伸出你们的手，重新成为朋友！

---

① 弹球游戏机是美国人首先发明和生产的。

你们会什么都告诉我吗？我可是你们最好的朋友，弗利珀是我们最好的朋友。

现在没有战胜者和被战胜者，有的只是人。

（过去没有战胜者和被战胜者，有的只是人。争执已经被忘记。）

咳，你们呐：

你们将来肯定也要选择一个职业。但请你们考虑到：挣多少钱并不永远是最重要的！

确是现实

盖尔达经常想：有一个人会把她当作获得成功的最后一个办法，有一个人会对她盖尔达大喊，电视摄影机会瞄准她，就像她在看滑雪电视直播时看到的那样。她的姿势和法国女人很相似，但更有力，更有朝气。在这个小巧玲珑的姑娘身上蕴藏着的东西令人无法想象。

我们的盖尔达这样匆匆忙忙到哪里去？对了，她去办公室，吸引着她去的是老板先生的办公室。妈妈无论如何要盖尔达进这家公司，她读过一份花花绿绿的广告，里面这样写着：柯斯特先生详细了解从青年学徒到商场经理的每个人。他对他所有的雇员说过，他与其说是他们的上司，不如说是他们的朋友。今天，在一个小小的欢迎会上，他要指导一下这些年轻的学徒。柯斯特先生说，朋友们，你们好！盖尔达用一个滑雪能手那样的速度，朝着柯斯特先生飞奔过去，如同从弹射器里蹦出来一样。这时候她的身材姿势肯定是不优美的。部门经理迅速地截住这位飞奔过来的姑娘，盖尔达仿佛猛撞到了一堵大水泥墙上。她哭了。我把这件事告诉了我的朋友柯斯特先生。她说的也是她最后想说的话，接着唾沫像线一样流到她的下巴上。她扭伤了自己，人们要问：有这样的事？部门经理知道：有这样的事。他每天甚至每小时都看见。

盖尔达有时都以为她生活在一个不怎么好的影片里，好的影片必须拍出最好成绩！记者团团围住了盖尔达，以致什么人再也看不见她一点点的影子。摄影机沙沙地响着。人群情绪激动。在大家注视的房间里的那个灰色鬓角的文雅先生是谁啊？没有人认识他。盖尔达向他奔去，扑到他的怀里。在那帮纠缠不清的记者中有个人说：这是柯斯特，柯斯特这个富有的工厂主。对对，说得不错，就是他！柯斯特好啊，盖尔达好啊！她总有一天会成为他的雇员的。现在她出名了，现在他是她的朋友，并且经常陪着她了。好啊，柯斯特，好啊，盖尔达！身材高大的实业家戴上了他的墨镜，为姑娘挡住那些好奇的新闻记者。想采访一下！那请吧请吧！盖尔达现在是一部真正影片中的人物了，她突然变得如此之重①，重得几乎要穿透地板了，真像一个潜水员穿上了铅做的鞋一样。一直勤劳吗？盖尔达几乎把一大堆莱茨牌公文夹统统翻倒在地。一直是勤劳的，老板先生。她耳语般轻轻地说，人们可以看见她的朽牙。有人看起来按错了电视节目频道的按钮。部门经理先生用手在盖尔达的背部轻轻地抚摩着，然后摸到前面。今天盖尔达戴上了一副新的胸罩，完全是镂空织品，这时部门经理马上摸将进去。他的手并不温柔，因此盖尔达也情愿只看看电视，因为看电视只需要看，用不着去感觉。

马上就要接下去了。训练身体的地方。盖尔达穿着紧身运动服。她一直在奥林匹亚团队里。她现在是出名了，每个人都认识盖尔达。突然，盖尔达感到她皮肤上有个热热的东西。这是柯斯特先生的热热的手。她第二个感觉到的热热的东西，是柯斯特先生在她脸上到处吻着的热热的嘴唇。盖尔达一般晓得的热热的东西大多数是热热的汤，或者热热的茶，热热的洗涤的水。如果盖尔达吹着气使热的东西变凉，或者为了使嘴唇不要烫破而只好小口吃滚烫的东西，那么周围的人一定会吓坏的。

---

① 本意为“举足轻重”，但这里作者玩了一个文字游戏，把它又作“重”解，所以才有下面一句：“重得几乎要穿透地板了。”

盖尔达真会烫伤嘴巴？不会的，这样也是不行的。

盖尔达小姐今天又要努力加班加点？妈妈会允许她这么晚回家吃晚饭？不过少吃一点对身体是有好处的。盖尔达的脊背弯着，就像大写字台边上的落地台灯。她的肩胛骨像连衣裙上的大头针刺的那样在发痛。她腿上感觉到有什么尖尖的硬硬的东西。老板先生向她指出在哪里痛和怎么样痛。她软软的鸡爪纷纷断裂。盖尔达向她的老板主子表示，她是多么喜欢他。她抚摩着老板主子，一面说我喜欢，老板先生。老板先生这时从后面踢盖尔达的腘窝，她像小鹿班比那样跌倒了下去。他说，您要集中精神啊，盖尔达。我们相互之间要有更长时间的快乐感觉，真正的快乐不表现在大声的爆发中，真正的快乐表现在眼睛里。盖尔达的眼睛高兴得神采飞扬。弗利珀刚刚找着了爸爸！一个红色的标记（盖尔达的）又立即落到户头结单和账户上。一只激动的手控住了这个姑娘，控到这里控到那里。

盖尔达和她母亲相互打得半死，她们在吵着：谁可以看什么样的电视节目。盖尔达的母亲想看音乐节目，盖尔达则想看爱情电影。她母亲不想知道：盖尔达演了主角，还和一个男人一起演。母亲更想看轻松的消遣，这对年岁比较大的人才合适。母亲打了盖尔达，打得她几乎翻倒。在企业的联欢会上学徒合唱队唱了一首民歌。柯斯特先生友好地细瞧着大家，也瞧着盖尔达，但瞧她的时间肯定比瞧别人的时间长，甚至长得多，但其他人一点也没有察觉到。说不定他们还丝毫没有听到过柯斯特和盖尔达之间的事。他们中有些人并没有电视。不过一位高级会计师却用民歌的曲调填上了新的歌词，这歌词只涉及柯斯特先生和公司。盖尔达几乎高兴得屁滚尿流，这歌词完完全全适合她，适合她和柯斯特先生：心和手为我们的家园，心和力为柯斯特的事业。盖尔达拼命吼唱，唱得她脸色发青。最后每个男员工和每个女员工为纪念这日子都得到了一件小礼品。

盖尔达马上想到柯斯特先生在电影里一直向她送的那些大礼品，比如跑车、鲜花、贵重的连衣裙、皮货、首饰，诸如此类。这些愚蠢的学徒却对此一无所知，他们得到香烟、巧克力，还有几罐新品种咖啡就高兴了。英格丽特露出胸脯，以致她的肋骨喀嚓和嘎嘎作响。她悄悄地撞撞和踩踩其他学徒，其他学徒也稍稍地向她回踩和回撞。不久盖尔达足尖出血，但她从中并未得到什么，因为她的柯斯特先生把踩了她的英格丽特马上解雇。盖尔达幸灾乐祸。英格丽特也幸灾乐祸，因为她的波特尔·里克斯比她的主子更漂亮，更强壮有力，他甚至还住在美国呢！英格丽特不久也会去那里。真棒！

联欢会上，老板说了些好听的话，他对每个人说同样的话，尽管如此，每个人都相信，老板只对自己而没有对别人说这样的话。大家因为担心害怕会做错或说错什么而直冒汗水，但大家还是为老板说的有趣笑话而齐声大笑。他是对的，千次万次对的。当几百个人同时齐声大笑，这真叫人毛骨悚然！

晚上接着还给学徒们准备了免费香肠和可乐，为年岁大一点的员工准备了啤酒。盖尔达津津有味地嚼着咽着，又像一头猪猡了。她也的确是头猪猡。尽管如此老板还是说：这些东西你们感到好吃，这真使我高兴，说的时候他分外特别地注视着盖尔达，虽然她的举止活像一头猪猡。

柯斯特先生说，这是多么美好的天气，这是庆祝的天气。

盖尔达完全肯定，他说这样的话，只可能为的是她。

叙述后的叙述

当米夏埃尔独个儿在林中散步回来时，他的牙齿咯咯直打颤。孩子，你真是冻得半死了。快到我这里来，到床上去，伊达·洛加尔斯基这么说。米夏埃尔抖抖自己的身子，把小冰球儿从衣服中抖了出来，一面还把身体向上弹跳一下。别这样，米夏埃尔，你这个不懂事的。你已经不是十二岁的孩子了。米夏埃尔马上脱去了衣服，显露出他的肌肉。对这么多滑稽的举动，洛加尔斯基太太只好微笑着摇摇头。接着是米夏埃尔一跃跳到妈妈那里并投身到了床上，弄得弹簧垫子都发出了咯吱咯吱的声响。

对于偶像的问题，职校学生伊多尔说：他的偶像是约亨·林特[①]。他是一名模范运动员，总是恪守规矩，富有战斗力，他死得也很模范，他的婚姻也很模范。卡尔则说：我的偶像是卡尔·施兰茨[②]。他是一名模范运动员，总是恪守规矩，富有战斗力。虽然他年岁是最大的，可他还是比大多数年轻的要好。他长期处于领先地位，别的运动员一个也没有过。英格丽特则说：我的崇拜对象是碧姬·巴铎[③]。她虽然早就成名，但人们并不感觉到她高傲自负。而且她还很懂得如何去对待男人。弗朗茨则说：我的崇拜对象是阿道夫·希特勒，尽管他犯了许多罪行，但他是他那个时代最伟大的爱国主义者。

母亲和儿子为了开心在床上还扭在一起打了好一阵子。伊达·洛加尔斯基啪啪地打她儿子的屁股和大腿。米夏埃尔抓他妈妈的脚底板，真是有趣！这个大个儿的小伙了，头发乱蓬蓬，突然一下子完全变成了一个小孩子，弄得人几乎不知道谁大谁

---

① 约亨·林特（Jochen Rindt，1942—1970），奥地利F1车手。
② 卡尔·施兰茨（Karl Schranz，1938—　），奥地利滑雪运动员。
③ 碧姬·巴铎（Brigitte Bardot，1934—　），法国影星。

小了。搞得真是糟乱至极。

保险公司职员和商店职员对于谁是他们偶像的问题是这样回答的。古斯塔夫：我的偶像是卡尔·施兰茨，因为他是一名伟大的运动员。我的崇拜偶像不是政治家，因为我痛恨政治。希尔德说：我的偶像是所有正派诚实的人。汉斯说：我崇拜的是我在职业生涯中一切做得顺当成功。特雷塞说：我崇拜的是体面，是内心的洁净，可是这样的品质实在很难遇到。克里斯塔则说：我的理想是静悄悄做伟大事情的人，如我最喜欢的作家瓦格尔[①]和维歇特[②]，还有我的父亲，因为他总是非常勤奋。

现在我们歇手吧，孩子。我已经是个老太婆了，我已经气喘不止，已经无法再和你扭在一起打来打去了。可是妈妈，即使你气喘得像一匹拉出租车的老马，假发也丢了，全副假牙也泡在水里，松弛的乳房也垂到了腹部，你总还是我的妈妈。人只有一个妈妈。洛加尔斯基抚摩着米夏埃尔额边潮湿的头发，给了他结结实实的一个吻。

---

① 卡尔·海因里希·瓦格尔（Karl Heinrich Waggerl，1897—1973），奥地利小说家，剧作家。

② 恩斯特·维歇特（Ernst Wiechert，1887—1950），德国小说家。

对于谁是他们崇拜的偶像问题，工人们是这样回答的。卡尔：我没有崇拜的偶像，劳动时，没有工夫去想这号事儿（其他一些人也有类似看法）。维尔纳说：我的偶像是伟大的运动员，还有伟大的作家，像歌德、莎士比亚，伟大的作曲家，像莫扎特和贝多芬，还有基督教世界观。特奥说：我崇拜的是社会主义，因为我赞成和平，反对社会的不公平，反对人剥削人。凯特说：我的理想是孩子们，至于其他的一切，我们实在一概没有。吉特说：我的理想是劳动，劳动使我愉快，因为如果劳动不使一个人愉快，那么人们马上不需要去劳动。盖尔达说：我的理想是劳动后能待在家里。安内洛雷则说：我的理想是现代化的奥地利，因为我是一个紧跟时代的现代人。

洛加尔斯基在扭打闹着玩时，已经气喘吁吁，现在她终于可以休息一下走进浴室了。她把自己洗得非常彻底，米夏埃尔在温暖的洗澡水里给她洗背，他不断地在幸福地笑着。他说：妈妈，现在我把你洗得干干净净，让你从来没有这样干净过，这就是现在我最想做的。我究竟得用个什么工具呢？用大刷子，米夏埃尔。现在你好好地洗，妈妈。米夏埃尔把洛加尔斯基太太擦了个透，几乎皮肤都从肉上擦了下来，为的是让她，他的母亲，变得真正的干干净净。

礼拜天（在施特凡大教堂前）向维也纳去做礼拜的教徒们问他们的偶像是什么的问题。汉斯回答说：我的理想是善良与和平，每个人在家里行为举止符合自己的身份，并且所有的人都有有益的爱好，比如音乐和艺术。埃贡说：我过去在铁路上工作，那时除了职业不可以再有其他的目标。汉斯说：我的理想是所有的美，音乐、绘画，但是指过去的古典艺术，不是现在的流行音乐。奥托说：我的理想是不要大学生，如果是大学生，那就必须是模范是榜样。但现在的大学生只会在青年人中兴风作浪。海因茨说：我的理想是宁静的和平，人与人彼此融洽相处。希尔德则说：我的理想是：体面、勤劳、善良地生活，这时，人也就成了一个好公民，并同时创造出什么东西来，什么活儿也不想干的人，叫他们滚！

两个人终于坐了下来，这两个淘气鬼：年轻的淘气鬼米夏埃尔，年老的淘气鬼洛加尔斯基太太，终于坐到电视机前喝咖啡了。他们正在看欧洲花样滑冰比赛优胜者颁奖典礼的录像，看到这种庄严的时刻，洛加尔斯基太太总要掉眼泪。米夏埃尔在取笑她，说些有关滑冰姑娘的糟糕事情，说她们必须对评奖委员友好亲切，但不公正的事情总在幕后进行。这个时候洛加尔斯基太太常要大力反驳。她说：这个金黄头发的意大利女孩子多么可爱，她穿的滑冰女裙又多么时髦啊。米夏埃尔则说：我只想把这个女孩穿着白滑冰鞋的双足切下来。米夏埃尔，你这个人有时候说话多么可怕啊，呸！伊达·洛加尔斯基又得掉泪了，她看看她的儿子。这时，人们相信了：人们只教给孩子们善和美，可是他们说的话却总是粗鲁和没有同情心。

护士们对什么是她们的偶像这个问题是这样回答的。海伦娜：我的偶像是好人。护士是好人。埃丽卡说：我的理想是做女服务员。玛丽亚：我的偶像是弗罗伦丝·南丁格尔①。爱玛说：我的偶像是艾伯特·史怀哲②。布丽吉特说：我的偶像是我的父亲，只要是对的，他什么都教给我。

小小的坏情绪马上烟消云散了。

米夏埃尔把妈妈撳到玩具马的臀部上，一场新的角逐游戏

---

① 弗罗伦丝·南丁格尔（Florence Nightingale，1820—1910），现代医学护理专业创始人。

② 艾伯特·史怀哲（Albert Schweitzer，1875—1965），学者，国际人道主义者；一九五二年获诺贝尔和平奖。

又要开始了。这时洛加尔斯基把咖啡稍稍泼翻了，米夏埃尔赶快去找抹布，他小心翼翼地把褐色的液体揩拭干净，然后轻轻拍打了一下他母亲。你啊，就是不会当心点，像你这么大年岁了，手又颤抖，那就只好吃泼在地板上的东西了，你这个老东西。伊达·洛加尔斯基觉得很难堪，她答应米夏埃尔，她以后一定不这样了。

亲爱的小伙子和姑娘们！

喂！你们也已经考虑过了吗，是否也得有个偶像那样的东西？肯定考虑过了！但请你们想一想，不仅有像卡尔·施兰茨和约亨·林特这样的运动员，还有别样的运动员，比如托尼·塞勒或者外国人乔治·贝斯特（那个贝亚拉尔·贝斯特），还有杰基·斯图尔特，还有卡修斯·克莱，他当然后来又重返了体坛。为了这一切需要多少毅力和斗志啊！

叙述

你好，比尔叔叔！啃，你们俩刚从学校里放学回来？吉西已经到了。比尔·戴维斯给孩子们看他的阴茎，并告诉他们用它可以做什么。好啊，比尔叔叔，我可以来吗？乔迪大胆地报名，而吉西却害臊地瞧着比尔叔叔的阴茎。但是不久情形就改变了，真所谓好事要时间。

伊达·洛加尔斯基的手提包商店里烟雾弥漫，着火了！洛加尔斯基太太啜泣着，为了把她的鳄鱼皮做成的时尚提包放到安全的地方，她像一只受惊的母鸡那样奔来奔去，这可是最最贵的啊！皮革在可怕地发出臭气，它们皱成一团，缩到一起，还闪着一点微光。米夏埃尔啊，这烧的是我一生的心血啊！母亲，这都是我的错。不，我的孩子，这不能说是你的错。

仿佛是烫着了似的，吉西把双手放到了背后，但比尔叔叔小心翼翼地说服了她，叫她把她的双手又放到了前面。他先仅叫她捏住他的阴茎，然后，等她已经习惯了看而且又有了感觉的时候，他才对她说现在该做什么。你瞧，这里上面这块亮亮的绷得紧紧的东西，看见了吗？看见了，比尔叔叔。好。那么把你的大拇指放到它背部下面一点的地方，好吗？不，不要这么往下。比尔叔叔把着吉西的手。好啦，比尔叔叔，现在我捏对了。真好，吉西，你其余的手指头放到这里有凹槽的地方，你看到这个凹槽了吗？好啦，这儿前面，就这样捏着向上再向下，但是（喘息），你这样搞，吉西，要带感情，就像玩高尔夫球（喘息）。你推移那层皮，就像我指给你看的，在这个地方，不要擦，也不要抓（喘息），一直向上再向下。对了，这样正好，吉西（喘息）。我的阴茎虽然已经很硬了（喘息），但它还会更硬（喘息，喘息）。

妈妈，现在是你交给我这家商店的时候了。不，孩子，爸爸从来就没有过这个打算。是我一个人开了这家店。好吧，妈妈，那么就至少在进货时多给我一点发言权吧。这些羊皮挎包现在是最新款式。不，孩子。我们不要进这样的废品，对真正的太太说来，它们一文不值，这些真正的太太是我们最好的顾客。请你们这个给我十五只，这个给我二十只。可是妈妈啊，这些提包虽然好看，现在却不时髦，这些包缺少吸引力。那我会马上给你一点吸引力看，孩子！

比尔叔叔，你为什么这样可怕地呼哧呼哧喘着气？你只管这样搞下去（喘气），吉西！你什么也不用害怕，不用烦躁（喘气）。亲爱的吉西，好吉西（喘气），我的小吉西，你你你（喘气）……我的吉西（喘气），说，你是我的小吉西吗（喘气）？是的。比尔叔叔说着，年轻的女子都在惊奇。弗伦奇先生毫无例外地为这些小孩盛上了柠檬水和覆盆子冰淇淋。从旁边瞧着这一切只会更加有趣，因为否则的话，决不会一下子看到这么多有趣的事儿。吉西，小吉西（喘气），现在，现在马上要发生了（喘气），放开那儿的小指头，放开那里吉西的指头，好（喘气）。真舒服，（喘气）啊啊啊！亲爱的比尔叔叔突然大声地呻吟，痉挛，然后可笑地抽搐起来。没有，没有，她们还从来没有看见过比尔叔叔这个样子。难道他是病了？现在还从那个吉西这段时间一直抚摩的东西里射出一种奇怪的液体。你这个坏吉西，乔迪用拳头打她的姐姐。你把我们的比尔叔叔弄坏了！是啊，布费拉拉吉西的小辫子，你把比尔叔叔弄痛了，吉西！这两个小孩子抽泣着打她们的姐姐。我们亲爱的比尔叔叔现在病了，说不定已经死了。用巧克力和覆盆子冰淇淋调成的浆抹到了这些小孩子哭叫着的脸上。比尔叔叔躺在那里，一动不动。他真会不动了吗？

米夏埃尔这次变得太笨了。他走了，买下了在高雅的选帝侯大街上的一家商店。洛加尔斯基太太一点也不动声色，但她对她的孩子很骄傲，是她为他搞来了这家商店。您好，请问您想买点什么？我想要这样款式的漂亮羊皮挎包。真遗憾，我们没进这样的货。洛加尔斯基太太非常生气，因为今天这已经是第三个要买这种包的顾客了，而她却没有听米夏埃尔的话！但是在选帝侯大街上有一家洛加尔斯基商店，我们在那里倒是看到了这种包。那你们就到那里去买吧，我的女士们！说着她有点骄傲：那家店是我儿子开的，他知道得最清楚，现在流行的是什么。

哎哟，没有，孩子们，我没有病，我也没有死，我可好着呢！你们这不是看见了吗，你们这些可爱的小蠢人。比尔叔叔满身是汗，但他看起来长久以来没有这样快活过。现在停止打你们的姐姐。吉西是我的吉西，我们的亲爱的吉西。现在我想要淋一次浴。弗伦奇先生帮戴维斯先生脱了衣服，比尔叔叔赶快进了浴室。等他擦干了之后，吉西又可以为她的比尔叔叔穿衣服了。她穿得十分当心，一件又一件。这个刚才还这么大的东西现在却变得很小了。

现实

叫人奇怪的是，几天以来米夏埃尔和他的母亲与往常不同，既不做雄羊跳游戏，也不做兔子跃游戏。他有点情绪低沉。孩子，你怎么啦？伊达·洛加尔斯基先开了个头，她给他系领带，又把他那不很服帖的金黄色头发掠到后面。你跟帕特丽齐亚闹矛盾了吗？我和她解除了婚约。现在一切结束了。解除了婚约？米夏埃尔，你倒是说啊……你们之间突然发生了什么事儿啊？

英格·迈泽说，我性欲强极了。

米夏埃尔说，全是因为爸爸。他布置了住房，买来了家具和汽车。现在他还要为我们去大西洋岛上的新婚旅行埋单付款。可是我要成为我自己，我不想成为富有的柯斯特的女婿。我能得到的一切我只想感谢我自己，此外我不想去感谢别的人。帕特丽齐亚却不理解这一点。她是一个女人。

我性欲强极了，英格·迈泽说。人们在电视里看到的不是这样。

妈妈，米夏埃尔对此就是一点不理解，我爸爸现在有钱，他现在心里只有我，因此这很容易理解，他要让我，让现在已经属于我的米夏埃尔高兴。他是一片好意。可是米夏埃尔却这样敏感，为这样的小事儿生气。

我性欲真强，英格·迈泽说。我真希望我能怎么样就可以怎么样。可惜有时候电影剧本忘记了：我也是一个女人。

洛加尔斯基太太果断地进了柯斯特大楼。请上第三层，总经理办公室。女秘书看起来活像是从时装杂志上裁剪下来的模特儿，年轻，染着发，还有诸如此类的东西。她以为，洛加尔斯基太太不过是一个可以随便挡在门外的老太而已，就像随便哪一位老太一样。电视观众要幸灾乐祸了，如果他们生动地想象一下：一旦柯斯特先生得知此事后将要发生的事情，他甚至会马上把她解雇！这些电视观众不也是都在什么地方被人挡在门外过吗。他们中有些人也像洛加尔斯基太太一样年老了。

我现在性欲又强烈起来了，英格·迈泽说，我心里真的直痒痒！

您难道没有看见，这位是我未来女婿的母亲，您，您这个无能的东西！上级对下级怒吼道。她只得悄悄地溜了出去。刚才她还趾高气扬，现在变得低三下四了。她实在活该如此，看到这情景的人都这样认为。坐在柯斯特怀里的自以为是小明星的金发姑娘相信，那个人恐怕会像一块用脏了的擦地板布一样被掷到门边。我待会儿再打电话给你（柯斯特这句冷酷无情的话使他又感到回到了他的青年时代。在洛加尔斯基太太的眼前，本来可以算作东西的，现在却算不了东西了。她的眼睛能一直看到底）。尊敬的夫人，您请坐。

我性欲强，英格·迈泽说。我一直性欲强烈。可是电视观众笨得实在理解不了它。

您是怎么挣得了您的钱的，柯斯特先生？是不是都是继承得来的？柯斯特这时情绪变得活跃。我完全一个人、完全是从下层奋斗出来的。这是不容易的。我战后不久先以一家很小的咖啡烘焙房起家，我日日夜夜像一匹马似的辛苦干活，没有人送我一点点东西，没有人给我做任何示范，只有那个年老的诺伊曼（我们还会再谈起他的），只有他一开始就和我在一起，他现在已经是咖啡烘焙方面的大师傅了。洛加尔斯基太太等待的正是这样的回答。现在她狡黠地笑了：我的孩子现在在您的公司里也正在经历着您自己曾经做过的事情来显示自己的能耐，难道您不理解这一点吗？年轻人应该自己往高处冲。

我现在又有强烈的性欲，英格·迈泽说，可是人们被这样轻易地打上了家庭主妇的印记。

好，洛加尔斯基太太，算您以一比零取胜。柯斯特优雅地吻了洛加尔斯基太太的手。可是给孩子们的蜜月旅行已经付款登记，那我现在的旅行票子该怎么办？伊达·洛加尔斯基微微笑笑，显得一脸的轻松。我知道给什么人。看电视的人在他的座位上都在凝视着。他们马上注意到，她指的是柯斯特的女友，那位金黄色头发的小明星，这个姑娘可有点滑头。您也许把洛加尔斯基太太当作比较冷静有头脑的人了，他们更情愿自己去。这么一个女的除了一张漂亮面孔，实在别无他物！

我性欲强，英格·迈泽说。我还有一些秘密的欲望。我真是说不出有多强的性欲。

可是，洛加尔斯基太太！面对他面前的这位太太，高个儿的柯斯特有一点难为情了。这个年轻的黄毛丫头只好拿来用用，然后马上扔掉。这些丫头除了有张漂亮脸蛋之外，确实别无他物，确是没有质量的人群的垃圾，除此之外，她们还蠢。您知道吗，我的太太却不是这样的，但自从她去世之后……有时候我就做得有些过分了。这我知道。洛加尔斯基巧妙地结束了这个句子。但有时候失去的会比得到的更加多，比如人的尊严，柯斯特先生。我们现在是不是可以彼此以“你”相称了呢？接着是一个突然的插入句：您愿意，这也就是说你愿意……亲爱的伊达？？你想到哪里去了，维尔纳！我感觉在家里才是最最自在舒服的，在我所处的环境中，到了我这个年龄，这已经是没有什么意思了。成千上万的观众点点头。他们同意。

我性欲强，英格·迈泽说，我也可信吗？

米夏埃尔，这位年轻的新上任的总经理，在柯斯特的企业里开始艰辛地熟悉他的工作。天上不会掉下馅饼，到斜尔特岛[①]的蜜月旅行是用艰苦的劳动挣来的。为什么恰恰选择了斜尔特岛呢？千万个电视观众这样兴奋地问。洛加尔斯基用大特写的画面在电视里笑着告诉大家：因为她自己那个时候与她已经去世的阿尔弗雷德的蜜月旅行就是到那里去的。人们必须只能这样说服孩子们，那就是使他们相信：这是他们自己的主意。这位洛加尔斯基太太真是精明能干！真是善于处世。既然我们德国有这么美丽的地方，那我们要大西洋的岛屿干什么？千万个观众又点头称是：同意这个看法！他们中有的人甚至到更远更远的地方去度假呢！

我持续不断地有**性欲**，英格·迈泽说。如果您觉得这节目对您不合适，那您只需要揿一下这个小按钮！

---

① 斜尔特岛（Sylt），德国北部海滨度假胜地。

亲爱的年轻读者们！

你们不也相信：“**怎么样**”比“**到哪里去**”更重要吗？

过来，布费，我给你看个鸡巴。你的鸡巴我已经看到过了，亲爱的比尔叔叔。可是为什么弗伦奇先生没有这样的一个？你知道吗，布费，我是建筑师？知道，比尔叔叔。你也一定知道，要做个建筑师，必须得学上好几年？知道，比尔叔叔。你也知道，弗伦奇先生是我们的服务员吧？知道，比尔叔叔。他照料我们，我们大家都喜欢他。这一点你们也应该做到，布费。正因为弗伦奇先生不像我那样高，因此他必须做我交待给他的事情，因此弗伦奇先生也就没有像我这下面的鸡巴。这一点你是懂得的，布费。

叙述

下班了！竭力盼望着的一句话。这声音响彻所有的走道。

所有的门都被打开了。学徒盖尔达和英格丽特把她们的少量物件放进了她们的塑料小提包。为了不让母亲注意到，英格丽特擦去了她的唇膏。盖尔达又带上了她当点心的面包，她在职工食堂买了一块三明治，它可管用了。英格丽特在想着帕特丽齐亚小姐的套装裤，盖尔达在想公司的联欢会。

盖尔达，赶快过来，母亲喊着，弗利珀今天又上电视了。盖尔达尽管口里说这不过是儿童节目，可她还是一直喜欢看这个节目。两个人舒舒服服坐在电视机前，感到非常高兴。今天晚上还有一个好节目呢！

可是那个用枞树般绿色装点起来的打靶的地方才是最有吸引力的地方。男职工中没有一个人不想给老板——柯斯特先生——表现一下他是一个多了不起的汉子。当有些人出色地打出了击中的一枪，而老板恰恰这时在看别的地方时，他们真的有点生气，这时他们就对他们的太太大喊，这些太太却正端着盛着小香肠的盘子。这位老板，他们的雇主，这时也试了一下，接着是一片嚷嚷声，简直没个完：好啊，老板！柯斯特万岁！打中了！帕特丽齐亚小姐获得了一朵红色的纸玫瑰，她微笑了。英格丽特真想得到一只白色的熊或者一个小小的布娃娃（以便挂在提包上），或者得到一只小皮球，或者得到一样可以送给妈妈的实用东西。

许多人承认，他们完全为他们的老板干活儿，只为了他，而且只为了他喜欢。也可以说是为了一个他们认识的有钱人干活儿。他们之间经常争论：他们中谁对老板更有用。他们可以处在老板的位置来想象一下。

如果有人见了帕特丽齐亚，会觉得她像一幅古老的画那样精致和昂贵。米夏埃尔对她非常了解。

盖尔达过分细嫩了，因此她应该更多地到户外走走。一个学徒为她打中了印着“柯斯特咖啡”字样的装饰挂盘，却把地板弄坏了。盖尔达没有得到一只用料子做的动物，因而有些失望，但这只挂盘倒也漂亮，而且比老板的纸玫瑰更加有价值。可惜击中这只挂盘时，老板先生刚巧不在场。学徒维尔纳为了送这只挂盘而想得到她的一个吻。他舔去了盖尔达脸上的芥末和奶油。她摇摇头，因为她感到害怕。一位太太对她的丈夫说：我在老板面前觉得不好意思。这位丈夫以为他现在还在斯大林格勒前线，还在那儿砰砰地胡乱放枪呢。

帕特丽齐亚举起她的杯子碰杯。许多人在她还是小孩子的时候就认识了她。现在他们略带羞怯地问她婚礼将在什么时候举行。衷心地祝贺！全体职工正在凑钱买一件礼物。不是买实用的东西，而是买有点特殊意义的东西，也许是一只漂亮的瓷人儿。

盖尔达取了一杯黄色的柠檬汽水。当有人问她，她就说：连衣裙是我妈自己缝的。只有她一个人知道，打弹球游戏机的诺斯特兰小姐也有同样的一件，缝着花的。有位开车人从后面压着了盖尔达的胸部，以致前面所有的东西都弄坏了：新的连衣裙、新的尼龙袜，还有肋骨上的皮也开裂了。他对盖尔达骂道：你这个瘦鬼！你这只胖鸡！接着他把盖尔达按倒在地当抹布般拖来拖去揩地板。

英格丽特也在想：我像一个被追赶的人那样在奔跑，沿着大海，所有的东西在风中飘着飘着，水冲刷着我的双脚。突然波特尔这个白皮肤的美国人在我的身旁。如果说是我登上了车，不如说我被拥上了车。车开着，开着，远远地开走了。

盖尔达在厕所间里解下了头发上天鹅绒做的小蝴蝶结。妈妈总还把她当做一个小孩子。这样更好看些，这样看起来和帕特丽齐亚一直戴的很相似了。当帕特丽齐亚穿着怪怪的后跟很高的鞋子走路不当心而歪倒了身子时，办公室主任马上为她脱去了这双高跟凉鞋，并为她把高而尖的鞋后跟打进鞋内。严肃的柯斯特先生看到此情此景也不禁大笑起来。

小姐！帕特丽齐亚这样喊道。她喊的是英格丽特！她正蹲在那里，头部在两腿之间朝后伸着，一面拍着手，她心情很好。请您给我在餐柜上拿杯柠檬汽水来好吗？英格丽特像个飞行员一般拔脚奔去，可是办公室主任在最后一个瞬间竟赶上了她，还踩翻了她，像是踩非常容易踩翻的东西一样。他用手指取出玻璃杯，拉扯着英格丽特的耳垂，高声骂着，还把泡小香肠的滚烫热水泼翻到她的大领口里，接着他为帕特丽齐亚小姐送去了柠檬水。帕特丽齐亚小姐只呷了小小的一口，然后把剩下的全洒在桌子底下。

波特尔帮着盖尔达脱去了连衣裙，她下面穿的是紧身的游泳裤。他的日光打量着她的整个身体。盖尔达有时候想：她必须做些什么，从而显示出她的价值。有点像电影里那样：进了门来，然后表情严肃地站住，一动不动，什么也不说，但尽管如此，所有的目光依然投向盖尔达！摄影机在沙沙地拍摄。盖尔达实在还很想再吃大蛋糕上切下来的一块，但那么多人挤来又挤去，她被挤了出去，被人踩了，被人抓破了。

今天是老板付账埋单。有个人竟把醋瓶子里的醋泼到英格丽特的眼睛里了，弄得她眼睛可怕地发烫。英格丽特凄厉地哭了。接着大厅里最后的灯光慢慢地熄灭了。没有人说：这是与你跳的最美丽的舞蹈。

亲爱的朋友们，因为你们就是这个样子

你们是不是已经注意到，几乎在所有的庆祝派对上，总有一个人归不到任何一类人群之中去？尽管你们人数不少，这一个人照样会败坏全部气氛。是不是这样啊？

现实

奶奶来了！快向奶奶问好。维利·菲施对他儿子托马斯·菲施说。奶奶，奶奶！如果亲爱的奶奶来到家里，哪个孩子会不打心眼里高兴呢？托马斯也非常高兴，因为奶奶来看他们了。对奶奶该说什么啊？奶奶，你好。还该怎么做啊？托马斯深深地鞠了一躬。奶奶用她低沉的快活的嗓音说，今天我们干些什么好呢？ 我可以给你看看我的新唱片吗，奶奶？怎么你又有新唱片了？奶奶悄悄地向维利·菲施挤挤眼睛。她这次也带来了一张崭新的慢转唱片，在她的手提包里。在一片喧嚷声

中，她从包里抽出了这张唱片。托马斯大声欢叫起来：是一张《弗兰克·扎帕[①]和创意妈妈》。啊，谢谢奶奶！这位年迈的太太迅速得到了孩子的许多亲吻。

摄影师里柯和他的模特儿吉塔坐着，并喝着咖啡。所有的人瞧着他们俩，他们俩有点儿非同一般。吉塔出身于一个富有的家庭。我想做点对头的事儿，不愿意总是到处干坐着喝咖啡，或者去看望别人，或者像富人做的那样。人总得显示一下：他也能靠自己的双脚站立。里柯把句子补充完整：还能靠自己漂亮的双脚站立。

请坐吧。维利·菲施系了一条五颜六色的围裙，他像一个兴致不错的业余厨师，他也的确是！他为奶奶烤了一只奶油大蛋糕，上面铺了蜜渍的樱桃。可是谁第一个就座呢？这个爱吃甜食的托马斯。小小子，可不能这样，奶奶年岁最大，她得第一个就座，第一个取食。我要吃蛋糕！托马斯扮演了一个可爱又顽皮的孩童角色，径直把他的小手伸到大蛋糕上大朵奶油花之中。呸，你这个小子，可不能这样！你是个小猪仔。奶奶先

---

① 弗兰克·扎帕（Frank Zappa，1940—1993），美国爵士摇滚音乐家。

用她的餐巾纸揩干净弄脏了的双手，然后拿起银制的沉沉的蛋糕匙，打小托马斯的小指头当作惩罚。唷唷！奶奶！小孩喊道。他的双手马上垂了下来，手心打得发紫了。奶奶，别打托马斯了！他哭着这般请求。

吉塔，这位摄影模特儿有些难处。当她向她的摄影师描写她的难处时，她看起来真是非常漂亮。她讲话时，用很少的动作摆动着双手。她不停地说话。她说话时，没有任何难处，但她却一直说她无法正确表达她心里本来所想的话。大家凝望着她，并且思考着：她肯定有许多想说的话。她几乎没有吃什么东西。盖尔达，她站在邻桌旁，已经垂涎欲滴张开大口对准一块蛋糕了，这块蛋糕是母亲答应了她的。她渴望地（渴望地）找着女服务员，但她并没有过来。她渴望地（渴望地）望着吉塔，这位摄影模特儿。

爸爸喂他的托马斯，因为他的小手已经动弹不了。托马斯面颊滚烫，吧嗒吧嗒地吃着，脸上还有泪痕。奶奶说：你真不害臊，托米，怎么这么贪吃！你想想，多少穷人家的孩子一生里还从来没有吃过蛋糕。但托米只是张开他的小嘴，让他奶奶一个人唠叨。吃吧，孩子们吃吧。维利 · 菲施给每个人的盘子上放上了一块新的蛋糕。整只蛋糕得全部吃光。托米想：肯定全部吃光，说着奶油一滴滴地从面孔上流了下来。

女服务员一个踉跄跌撞到盖尔达的小提包上，滚烫的热咖啡泼洒到她敞开的大领口里。哎哟，盖尔达大声地喊着。女服务员骂道：请您当心着点！为了罚她，她们得不到蛋糕。盖尔达哀叫着：蛋糕！她更大声地喊：请拿蛋糕来！吉塔，这位模特儿真的惊讶了：盖尔达也会喊叫。

虽然大家够尽力了，可是蛋糕还是多下了一大块。可不能多下来，大家一致这样宣告。这时，好心的奶奶现出她青春的笑容说：孩子们，你们说好吗，我们来个蛋糕大战！啊，好啊！这两个孩子——大孩子维利，小孩子托米——只要搞无聊游戏，他们肯定立刻赞同。他们马上脱去了外套，围着奶油大蛋糕打滚，相互用细细的奶油，这里那里到处涂来涂去，这些地方他们本来是不怎么喜欢涂上什么东西的。这时，奶奶是玩得最最野的一个，她现在完全变年轻了。她用两只蜜饯樱桃贴在她亲爱的托米的双眼上，这时看不见任何东西的托米像只青蛙那样摸来摸去。维利向他的母亲脸上掷过去一把奶油。奶奶说：维利，我马上去取手杖来！怎么可以这样打奶奶？这时，维利马上跪下，向妈妈担保说：我再不这样了。说话算数！

女编辑黑尔加·哈兹尔廷（读成：häseltain）挡不住新的秋季彩色化妆品色彩的诱惑。她给蓝色的小眼睛画上了紫色的眼线从巴黎回来了。她的美国丈夫先是保持冷静，然后对自己说：从容点吧①，接着对黑尔加说：卸下来吧②！不管怎么样。盖尔达心想：如果有人也能对我说这样的话，那该多好啊！

瞧，瞧你们俩看起来像什么。奶奶对她的两个小“青蛙”这样说。他们已经有点累了。孩子们，你们先去冲个淋浴，然后就去上床睡觉，快，快。奶奶对托米说，托米好不容易才站立起来，说：你是不是给我带来了巧克力？去睡觉，托马斯！奶奶说，难道你还不够吗？但是好奶奶还是从手提包里取出了一块本斯多尔夫牌巧克力，她必须喂给托米吃，因为托米双眼看不见了，双手也受伤了。可他还是吃得津津有味。奶奶说：奶奶的巧克力总是最好的。

---

① 原文为英文：Take it easy。
② 原文为英文：Take it off。

亲爱的老少读者们！

我们今天从蛋糕事件中学到了什么？对，晓得了：

有这样的人，他们得到了蛋糕，并且吃着蛋糕。有这样的人，他们得到了蛋糕，但他们不吃蛋糕。有这样的人，他们得不到蛋糕，可他们想吃蛋糕。有这样的人，他们没有蛋糕，他们也不想吃蛋糕。还有这样的人，他们不知道什么是蛋糕。但是也还有这样的人，他们虽然知道什么是蛋糕，但不知道怎么去弄来蛋糕。

最最简单的恐怕当然是为你们写下一个做蛋糕的配方。但接着又有这样的人，他们得到了鸡蛋，并且把它们吃了。也有这样的人，他们得到了鸡蛋，但却没有把它们吃了，或者给它们加上糖和面粉。你们瞧，这真是没完没了啊！

还有一个吃力不讨好的问题：为什么不是每一个人都有一只蛋糕呢？

一点不错：因为有这样的人：他们压根儿就不喜欢吃蛋糕！

叙述后的叙述

这是米夏埃尔。对不起，米夏埃尔！整个儿的米夏埃尔，他站着，走着，撕心裂肺地哭着，以致我们会情不自禁地问：米夏埃尔为什么哭啊？简直无法使他平静下来。即使那些新式玩具，摇摇，咯咯作响地摆弄，帕特丽齐亚做给他看，都没有用，他反而格外响地喊叫。哎哟，这孩子究竟怎么啦？妈妈洛加尔斯基太太却有主意，她比年轻的新婚太太确是有经验得多。她很快取来了尿布。尿布已经在这里了！拿尿布过来，帕特丽齐亚！只一下子，尿布已经叠好，并且垫进了橡皮裤子里了。非常内行！快，干净，舒适！妈妈，快卷好！我得马上去上班了。这个高个儿的小米夏埃尔对着他的母亲伸出了他扭歪的小腿。瞧他什么都会！公文包已经准备好了。

托马斯·菲施和他的少女舞伴跳着慢步华尔兹。

托马斯·菲施和他的少女舞伴跳着慢步华尔兹。

托马斯·菲施和他的少女舞伴跳着慢步华尔兹。

托马斯·菲施和他的少女舞伴跳着慢步华尔兹。

这类事情妈妈做起来总是最最在行。伊达·洛加尔斯基激动得满脸通红，把紧贴米夏埃尔大腿的橡皮裤子拉得高高的。我的乖乖，你马上又会觉得舒服的。她安慰说。快一点，在最敏感的伤处再扑上一点粉，然后擦点软膏到皮肤褶皱里，要用好的止痛油。米夏埃尔这时已经安静多了，只是偶尔还有点烦躁。太阳马上又要出来了，瞧，太阳已经出来了。米夏埃尔整部仪器整整齐齐连成一体了，以致没有任何东西再擦着、磨着、挤着了。结局好才是一切好！妈妈用灵巧的动作整理着那一部分下身，她托住垫尿布的裤裆地方把小伙子高高举起，使尿布完全与裤子相贴，一切合适，甚至可以说已经绷得太紧了。天空马上晴空无云了。瞧，已经晴空无云了。一切都搞定了，赶快再揿好按扣儿，外面再套上办公室穿的裤子。今天帕特丽齐亚第一次完全一个人扣好米夏埃尔的扣子。米夏埃尔脚擦着地，已经不耐烦了，因为他必须去办公了。

就在这一秒钟，托马斯·菲施停止了他和他少女舞伴跳的慢步华尔兹。所有的机器停止不动了。他把他的拳头伸进她的肚皮，拳头又从背后伸了出来。托马斯·菲施挽着他的少年女友的手腕，像挽着花边袖口。他说，我想马上停止跳舞。不久，他松开了他的少年女友，把她摔了，然后去与一条可爱的小狗游戏去了。

年轻的主子跨进了电梯。盖尔达（我们已经认识她了）穿着她的镶边连衣裙转来又转去。她卖俏地在电梯内的不同位置站来站去。当电梯开到楼层里时，窄窄的电梯里已经挤满了手指头、脚指头、膝盖骨、胸椎骨，还有酥软玲珑的大腿。米夏埃尔步履僵直地四处走着，他喜欢睾丸四周干燥、暖和、安全。他经常把一只指头伸将进去，摸一摸他是否又弄湿了。不，还没有。这时他非常高兴地笑了。

大约就在托马斯·菲施结束了他的华尔兹并且和一条可爱的小狗戏耍的时候，一大群还从来没有出现过的乌鸫飞了过来，天空也被遮得暗淡无光了，空气中顿时散布开足量的化学物质，这些化学物质消耗了鸟群体内的脂肪，以致成千上万的鸟儿只好冻死。这些可怜的鸟儿！这些可怜的鸟儿啊！真可怕！

哟哟，什么湿漉漉的液体突然落进米夏埃尔很保险的橡皮裤子里了？小伙子的裤裆里又满满的了。这时就看出来，母亲事先的操心是多么必要。没有人注意到这一点（任何想法都不会漏过防水橡皮裤子，尿布又把一切都吸了个一干二净）。快换尿布，否则就太晚了！这就是米夏埃尔白天的经历。不久他又会笑的。洛加尔斯基太太脱下了米夏埃尔潮湿的裤子，稍稍拍了拍他，使他又能发出笑声。她抓抓他的痒，抚摩他一下，就是这样儿。毫无疑问，米夏埃尔又笑了。接下来是大清洗，母亲和儿子清洗时多开心啊，这个时刻只属于他们两人，不属于任何别人。

托马斯·菲施又跳起了慢步华尔兹，这一次是和乌西·格拉斯[①]。对付她，他可真要小心谨慎，因为她已经非常有名了。

这个包裹也是米夏埃尔的，干净，整齐。打包完毕。只要穿着可爱的襁褓裤，他就可以在桌旁躺上一会儿，如果他有兴趣，也可以随心所欲地手舞足蹈一番。伊达太太已经把半球状供热器调节好了（着了凉可不得了啊！）。米夏埃尔乐得唾沫飞溅。再见吧！

现实

英格丽特说：**为了可以说些什么，我受够了苦**！这是她心

---

① 乌西·格拉斯（Uschi Glas，1944— ），德国著名影星，曾出演《黑骏马》。

里真诚的想法。

我们则明智地回答：如果你受更多的苦，那么你将能说更多的话。这一切都是极其严肃的，这里说的也是严肃的，人们不可以轻松地或者讽刺地来理解它。这里的严肃，正是因为英格丽特也许确确实实在**受着苦**。

现实

沃尔夫冈不可能是杀人犯，他可还是一个孩子，我的孩子。我知道，他是一个坏孩子，比别的孩子要野，可他绝不会成为杀人犯。母亲哭着，她整个儿崩溃了。不久前她刚获知儿子这个没法让人理解的犯罪行为。

她十一岁的儿子沃尔夫冈与大他一岁的警察的儿子托马斯一起从家里逃跑了。他们两人带走了一支福洛拜手枪及一把尖刀。在巴尔恩多夫荒郊（属布尔根兰州）他们俩想寻找一个藏身之地。六十岁的马蒂亚斯，我的老天，不巧正在路上遇见了他们，这两个小学生惊慌失措了：他们害怕这个男人可能会告诉他们父母他们的藏身之地，于是就一枪打死了这个刚退休的人，沃尔夫冈竟还给他补了深深的一刀，然后他们逃回了家里。一个礼拜之后，这两个小孩正在上宗教课时被抓了出来。

在这事前一个月，沃尔夫冈曾经后悔地对他母亲说：妈，我现在要听话了，你可不要再哭了，我以后再不干坏事了，也再不去偷东西了。

这孩子正月里才因为一件偷窃案件而必须离开布洛克重点文科学校，并且只能进入在诺伊齐德尔的普通学校，可是他挡不住诱惑，又重新犯了三只手的行为。

和他的朋友托马斯及班里的其他五个同学一起，他们在一家糖果点心店里偷了一些糖果。女售货员一点儿都没有察觉。可是这些孩子在学校里吹嘘他们的偷窃行为，并被校长获悉了，校长命令这些孩子去付清这些偷来的糖果的钱。

正巧是家长接待日的前一周，沃尔夫冈和托马斯非常害怕家长接待日。他们以为，老师说不定会把他们偷东西的事儿告诉他们的父母，他们的恐惧真是与日俱增。终于在家长接待日的前两天，这两个孩子实在忍不住了，决定潜逃出走。

安娜·L. 为了教育她的儿子已经费尽了心机。她的弟媳伊丽莎白·曼茨也为这件事情出了力。她用她忘我的自我献身的关怀爱着她的儿子。他有一天应该会好起来的。因此她把他送进了重点文科学校。

普通小学的女教师约翰娜·霍瓦特不喜欢回忆起这个外表漂亮的沃尔夫冈。这位女教师说：他总是想出各种各样的恶作剧。他常常在抽烟时给我当场逮住，一而再再而三地做小偷小摸的事，他甚至还偷过神父的圣饼。

这两个孩子都是天主教辅弥撒者，又都是教堂合唱团的成员。可是托马斯却完全受了沃尔夫冈的影响。

当警察约瑟夫·F.（三十八岁）和他全家参加被暗杀的人的葬礼时，他觉察到他的第二个孩子托马斯浑身在颤抖。后来这位警察绝望地认为：我当时想，被暗杀者的死亡是多么令这孩子悲痛啊。我的天啊，他是我们的一个亲戚啊！

葬礼之后两天，这位警察在参加暗杀事件的侦破工作时才调查出：原来他自己的儿子作为暗杀凶犯被揭露了出来。这个男子汉伤痛地感到：我情愿这个儿子已经死了！

沃尔夫冈的父亲还一直不知道他的儿子是一名凶手。这位铁路职工礼拜五晚上才从匈牙利回来。

当这两个孩子昨天上午在一个地方当众模拟他们的犯罪行为时，诺依齐德尔普通学校一年级 a 班和二年级 b 班的学生们只好任别的学生说：你们班里出了一个杀人犯。

叙述

英格丽特的母亲对英格丽特说，孩子，你必须多吃，为的是让老板看见你高兴。

英格丽特的母亲对英格丽特说，你必须多吃，孩子。这样，老板看见你会高兴的。

英格丽特回答说，我也喜欢让老板高兴。好，母亲于是说，那你就得多吃一点，你太瘦了。

我已经吃不下了，英格丽特说。

孩子，你正在发育期，老板可不愿意你看起来像没吃饱的样子。你瘦得几乎已经可以让人数清身上的条条肋骨了，孩子。

妈妈，可是我已经吃饱了。

不行，英格丽特，你现在得吃，否则我去把老板叫来。

不，请不要把老板叫来，他很忙。

那么你得吃！

可是我实在吃不下了，妈。

老板！老板！

别喊，妈妈，别这么喊。可是老板已经站在门口了。

哎哟，这孩子不愿意吃饭。

不是这样，老板。

可是一切是由我来付账的。

我完全吃饱了，老板，真的。我不行了。

也许该由我来帮帮你吧？哎哟，痛哟，老板！老板！

邻居今天扮演了老板的角色，他把英格丽特的鼻子紧紧捏住，以致她必须张开嘴巴。他把他上身的重量全压在她的额头上，弄得她的眼睛也深陷入眼窝里，再用另一只手把她的下颌骨弯到胸前，接着把大量的食糜塞进被弄得很大的嘴巴里，嘴巴里的舌头在无奈地伸进吐出，食糜一直塞到生佝偻病的牙齿末端。英格丽特以为自己都已经爆裂开来了，嘴巴里呕出来的必须重新吞下去。连接颌骨的筋像门铰链一样咯咯作响。英格丽特的嘴角已经撕裂开来，英格丽特的额头一直朝颈背弯曲。

英格丽特无奈地哭出了眼泪，真老板是不会允许人们这样折磨她的，但是老板离这里很远，很远。英格丽特的脸蛋上已经出现了道道皱痕和裂缝（由于肌肉紧张过度！）。英格丽特的体形胀大了三倍，如果她再这样胀下去，她的老板真可以把她当广告用的气球了。

喜欢打猎的老板几乎可以躲在英格丽特的肚子后面射击兔子和麅子了。

英格丽特，这只喂得饱饱的母猪，一面这样想，一面不禁轻轻地笑了起来。

跟她的老板相比，这位邻居先生真是一个无用之人。他用他的肘很深地压到她的咽喉里，以致喉管都要炸裂开来。只管乖乖地吃，妈妈告诫英格丽特。

只管好好地吃，邻居先生也这样叫唤着。

英格丽特呜咽地说，我要去告诉我的老板，他会惩罚您的！

现在你看起来又漂亮了，孩子。妈妈这样说。

英格丽特悲叹道，我真的很不好过，老板，您为什么离开了我啊？

妈妈安慰说，你就会看到，你现在干活儿时不会这么快就疲倦了。

英格丽特深信不疑：她的老板至少会让人把邻居先生打倒，或者会对他说：他不可以这样对待他心爱的英格丽特。

但老板只是说：哎哟英格丽特，您胖出一个小肚子来了。您没有足够的活儿可干吗？偷懒是不行的。英格丽特在后面挨了一下，她就像发射喷气火箭似的发出了“嘘”的一声。

这哭声有如表达了这个世界所有的忧愁。

这哭声中仿佛储藏了这个世界所有的烦恼。

但愿今天至少会有一个好的电视节目。对了，一部侦探片。电视观众的看法是，谁劳动，谁就必须吃饭，谁不劳动，谁就不应该吃饭。

英格丽特劳动得很多，也就可以吃得很多。

可是眼下她还只能看黑白电视，而别的人却已经在看彩色的了。

叙述后的叙述

娱乐节目时刻！

英格·迈泽打扮好了，并且戴了假发从台上走下来。没有一个人认出她来。她唱着一首有趣的登场歌曲，然后她把假发扔了，这时大家认出来了：原来是英格·迈泽。一群男人跳着芭蕾加入表演中来，英格被高高举起，从一个男人手里举到另一个男人手里。合唱队接过她唱的歌。雷鸣般的掌声。对的，娱乐节目时刻是我们的生活——英格·迈泽这样唱道。

盖尔达阅读着：

吉塔在她的最后一个学年，在她中学毕业前，和一个年轻的工程师结了婚。她描述了他们的蜜月旅行。她所做的种种事情是盖尔达还从来没有做过的。她为了一份早餐而打电话，她在西班牙，她非常漂亮，她有非常摩登的连衣裙。她生日时，母亲送她三百马克，她用这个钱为自己买了一条皮制紧身裤及一件黑色罩衫，还买了一条金色的链式腰带。大家都盯着她看，因为她有金黄色的头发。她的丈夫送给她一只银制的手镯，但却不是她希望得到的那只分量重的，而是银丝编织的、她觉得式样很老的那一只。他们俩为此争执了起来。她的丈夫仅仅是利用她一下而已。她说，他现在对待她再也不像当年在慕尼黑大学生居住的小房间里那样热情了。她不再得到满足。不久哈利——这位赛车运动员满足了她。他们的婚姻尽管这么短暂，却已潜藏着危机了。维尔纳太缺少理解。跳舞时，一个富有的漂亮的西班牙人紧紧地把她搂住，并且说：我们是不是应该走了？维尔纳打了这个西班牙人一记耳光。他说，我不是一个胆小鬼，会任凭这么一个人抢走自己的老婆。吉塔穿着迷你裙，大家老盯着她看，她难为情了。她现在已经不能再和维尔纳上床了。在时装店里两个人争吵起来，因为维尔纳为自己买了一件皮夹克和生丝衬衫，花光了自己所有的钱，没给吉塔买东西留下分文，尽管吉塔早已为了买衣服花光了她的全部生日礼金。可是当她走进旅店时，维尔纳觉得有些东西很漂亮，因而说：我已经给银行打了电话，如果你愿意的话，你可以再买更多的衣服。她的女朋友们写了一封信。信中说：我们大家为中学毕业在拼命苦读，而你却去结婚，去西班牙，这简直是卑鄙！维尔纳看起来有运动员的风度仪表，真是所有姑娘的梦中情侣，但是突然吉塔对他感到厌烦了。十四天之后婚姻就面临危机了。

娱乐节目时间！

摄影机的飞快转动和紧密剪接产生了特殊的效果：英格·迈泽每隔几秒钟就变换一个形象，这些形象都出自古典歌剧和轻歌剧之中。全体欢腾。

盖尔达梦想着：

我在最后一个学年，在高中毕业前已经和一个年轻工程师结了婚。我描述了我的蜜月旅行。我所做的种种事情是我还从来没有做过的。我为了一份早餐而打电话，我在西班牙，我非常漂亮，我有非常摩登的连衣裙。我生日时母亲送我三百马克，我用这个钱为自己买了一条皮制紧身裤及一件黑色罩衫，还买了一条金色的链式腰带。大家都盯着我看，因为我有金黄色的头发。我的丈夫送给我一只银制的手镯，但不是我希望得到的那只分量重的，而是银丝编织的、我觉得式样很老式的那一只。我们俩为此而争执起来。我的丈夫仅仅是利用我一下而已。他现在对我再也不像当年在慕尼黑大学生居住的小房间里那样热情了。我不再得到满足。不久哈利——这位赛车运动员满足了我。我们的婚姻尽管这么短暂，却已潜藏着危机了。维尔纳太缺少理解。跳舞时，一个富有的漂亮的西班牙人紧紧地把我搂住，并且说：我们是不是应该走了？维尔纳打了这个西班牙人一记耳光。他说，我不是一个胆小鬼，会任凭这么一个人抢走自己的老婆。我穿着迷你裙，大家老盯着我看，我难为情了。我现在已经不能再和维尔纳上床了。在时装店里我们两个人争吵了起来，因为维尔纳为自己买了一件皮夹克和生丝衬衫，花光了自己所有的钱，没给我买东西留下分文，尽管我早已为了买衣服花光了我的全部生日礼金。可是当我走进旅店时，维尔纳觉得有些东西很漂亮，因而说：我已经给银行打了电话，如果你愿意的话，你可以再买更多的衣服。我的女朋友们写了一封信。信中说：我们大家为中学毕业在拼命苦读，而你却去结婚，去西班牙，这简直是卑鄙！维尔纳看起来有运动员的风度仪表，真是所有姑娘的梦中情侣，但是突然我对他感到厌烦了。十四天之后婚姻就面临危机了。

英格·迈泽匆匆穿上了一件老式紧身针织泳衣跳进了游泳池。这之前她仔仔细细地清除了身上所有讨厌的汗毛。她仔仔细细地清除身体上叫人讨厌的汗毛。

盖尔达在阅读着：

维尔纳向吉塔介绍赛车运动员哈利，一个他过去的中学同学。哈利是一个身体结实的汉子，他具有的一切是维尔纳所没有或者已经不再有的：优雅，乐于助人，温文尔雅，热情，温柔，令人赞叹，还有其他等等。他们两人在相遇的第一瞥中，就已经看到会发生的事了。哈利领着他们坐上他的美式汽车去看斗牛表演。吉塔感到十分惊讶，她以为赛车运动员是只开跑车的。哈利解释说：我们大家私人开的都是既大又舒适的汽车，这是为了心理上的平衡，还因为我们总是有大堆行李要随身带来带去。哈利立即注意到，吉塔现在已经为维尔纳所冷落。两个人的目光彼此深深地印入了心底。斗牛表演时珍妮弗·诺登也是明星，她现在正与主斗牛士生活在一起。当一位次斗牛士昏倒的时候，她尖声大叫起来，可她的朋友安然无恙。如果哈利发生了什么，那么我也会像这位漂亮细巧的珍妮弗一样如此大叫起来吗？吉塔突然产生了这样一个想法，维尔纳却什么也没有注意到。他必须坐在后座，吉塔正开着这辆重型汽车。哈利说，她开得非常好。哈利参加了争夺西班牙大奖的赛车比赛。吉塔真觉得奇怪，比赛时有这么多漂亮姑娘在到处乱转。哈利轻蔑地说，每次赛车这些人总是到场，都是些轻易会和人上床的单纯性感的小妞而已。只有像吉塔这样的女士才算是真正的观众。她也感觉到了这一点。赛车开始有了紧张的气氛，灰尘滚滚，火焰四射，汽笛轰鸣，吉塔为哈利助威呐喊，喊得既刺耳又狂野。这之前哈利还对维尔纳表示过：我真为你的漂亮太太而羡慕你，维尔纳，老伙计。

柯斯特先生，这位工厂主也清除了身上所有讨厌的汗毛，然后他劈开洪流。

盖尔达在梦想着：

维尔纳向我介绍赛车运动员哈利，一个他过去中学的同学。哈利是一个身体结实的汉子，他具有的一切是维尔纳所没有的或者已经不再有的：优雅，乐于助人，温文尔雅，热情，温柔，令人赞叹，还有其他等等。我们俩在相遇的第一瞥中，就已经看到会发生的事了。哈利领着我们坐上他的美式汽车去看斗牛表演。我感到十分惊讶，我以为赛车运动员是只开跑车的。哈利解释说：我们大家私人开的都是既大又舒适的汽车，这是为了心理上的平衡，还因为我们总是有大堆行李要随身带来带去。哈利立即注意到，我现在已经为维尔纳所冷落。我们两人的目光彼此深深地印入了心底。斗牛表演时珍妮弗·诺登也是明星，她现在正与主斗牛士生活在一起。当一位次斗牛士昏倒的时候，她尖声大叫起来，可她的朋友安然无恙。如果哈利发生了什么，那么我也会像这位漂亮细巧的珍妮弗一样如此大叫起来吗？我突然产生了这样一个想法，维尔纳却什么也没有注意到。他必须坐在后座，我正开着这辆重型汽车。哈利说，我开得非常好。哈利参加了争夺西班牙大奖的赛车比赛。我真觉得奇怪，比赛时有这么多漂亮姑娘在到处乱转。哈利轻蔑地说，每次赛车这些人总是到场，都是些轻易会和人上床的单纯性感的小妞而已。只有像你盖尔达这样的女士才算是真正的观众。我也感觉到了这一点。赛车开始有了紧张的气氛，灰尘滚滚，火焰四射，汽笛轰鸣，我为哈利助威呐喊，喊得既刺耳又狂野。这之前哈利还对维尔纳表示过：我真为你的漂亮太太而羡慕你，维尔纳，老伙计。

不愿结束的经久不息的鼓掌，妈妈非常兴奋，她听到了许多她年轻时唱过的歌曲旋律，在脱衣睡觉时她还在起劲地说个没完。盖尔达并没有真正地去听她，她更喜欢的是侦探片或者有许多漂亮年轻人以及有许多问题但最后结局好的影片。至于音乐，她更喜欢的是现代流行歌曲。母亲都感动得哭了，她的面颊上流下了眼泪。真遗憾，她并不经常可以收看到最喜欢的节目。

盖尔达想着哈利，那位赛车运动员，她比她的母亲看来更好。她很快地穿上了睡衣衬衫，母亲给了她一个晚安的吻，为她盖好了被子。她比她的母亲看来更好，这个盖尔达。但她能这样对待母亲总是好的，即使她已与赛车运动员结了婚，并且已经有了孩子。

亲爱的年轻读者们：

没有光彩耀眼的梦，我们的生活会变得多么可怜啊！但是，就算有了光彩耀眼的梦，我们的生活还是可怜的。一个智慧的男人说得好：梦境就是幻境。

现实

冰雪节！甚至小孩和小小孩都参加了。这么多可爱的小侏儒，当然还有公主和小丑，还有许许多多动物、狗和猫（托米·菲施老是不当心被它的长尾巴给绊倒），还有女巫、白雪公主、魔术师、印第安牛仔、洗衣姑娘、卖花女、园丁，以及许许多多别的。

柯斯特先生要给最成功的服装发奖，这多么有意思！英格丽特得到了一等奖，她打扮成女糖果售货员。她的母亲把许多甜点和巧克力给她装进一只篮子里，她把这些东西分给了欢叫着的女同事们。

真棒啊，英格丽特！英格丽特也给柯斯特先生呈上了一卷酸味水果糖。谢谢，亲爱的孩子！柯斯特先生笑着说。可是他却把这卷糖扔了，因为糖会使人发胖。二等奖给了扮公猫的托米·菲施。三等奖给了打扮成蛤蟆菌的一个学徒。不，这个人究竟是谁啊？原来他是弗利珀！还有波特尔·里克斯也在场。两个商店职员利用他们的业余时间做成了这些服装。柯斯特先生大加赞扬。

英格丽特对她获得一等奖非常骄傲，她甚至认为，现在一切都只会绕着她转了。她慢慢地走向贵宾台，走向柯斯特先生。母亲再三提醒她：行个深深的屈膝礼！英格丽特行了一个深深的屈膝礼，相当地卖俏，她调皮地看着她的老板。老板肯定只注视着英格丽特，此外他什么也不关注。可是托米·菲施这位名次排在第二位的人对英格丽特非常妒忌。他推了她一把，英格丽特在众人面前一屁股摔倒在地上，看起来真是戆态百出，竟大声号哭起来，在她光荣的日子却弄得这么难堪。

正在这个时候柯斯特先生往这边看了！他放声大笑，让他笑的是经理说的一个笑话。英格丽特怒喊着奔向她的母亲，她感到羞愧，说道：等着吧，到家里爸爸会揍你的。英格丽特更加大声地怒喊起来。呸！妈妈说，你啊，英格丽特，现在柯斯特先生不会再喜欢你了，大家要羞你了！

柯斯特先生在一边却并没有真正看这场小小的悲剧场面。我们对这件事也没有什么特别的兴趣。我一面写，一面就觉得这真的无聊乏味。

谁在这么个无聊的冰雪节得了一个奖，谁又没有得奖，这对我们实在无所谓！

叙述

妈妈，我们今天出去散一会儿步，去看看橱窗好吗？盖尔达这样问。妈妈回答说：等我把这些碗盘洗好了再说。我可以穿上我的新大衣吗？好吧，可是你当心点儿，别把自己弄脏。

盖尔达和她的母亲在看电视里的越野赛车节目。真是危险得要命，泥浆溅得半天高！她们特别注意到一个非常漂亮的金黄头发的姑娘，也许她是汽车模特儿，也许她是电影演员。她全身溅上了泥污，尽管如此她仍然高声大笑，看得非常开心，她还给胜利者一个亲吻。母亲以为：这个姑娘在摄影机前至少事先得把自己弄得稍微干净一点，这样看起来也雅致一点。但盖尔达觉得，她这个样子看上去才真正对头。奇谈怪论！干干净净总不会对人有害！妈妈答道。这可真是一项危险运动，对不对，盖尔达。可是盖尔达对她电视里看的这一切非常了解非常懂得，所以她答道：F1 那才叫危险呢！

且慢！这不是那个年轻的新老板吗？盖尔达和她妈妈谈起他时，总是偷偷地称他米夏埃尔。她有时候都在想，她可以在众人面前这样称呼他。

一点不错，这是米夏埃尔。这位年轻的老板现在正需要别人的帮助！他现在正毫无办法地要把他新买的美洲豹大轿车开进汽车间，这个汽车间有着同这座别墅一样的名字。可是开不进去。米夏埃尔，我来帮你忙！盖尔达飞奔过去，母亲在后面慢慢地跟着。年轻人总是喜欢什么都一个人。母亲的眼睛在仔细关注着。盖尔达伸出了手，打着手势，指点着，不自然地扭曲了身子，喊着，叫着，指着，还做出种种怪相，几乎把脸都扭歪了：再往右，往右！与此同时她还以轻得让人听不见的声音加了一句：米夏埃尔！米夏埃尔倒着车，他试了十遍！盖尔达做了一个手势，用手指头做了一个只差“真正一点点”的动作——再向右真正一点点。坏了！喀嚓一声。多声部地大声喊了起来。汽车左边的头灯破了。盖尔达脸色雪白，妈妈竟用拳头打盖尔达的脸。马上过去，向你的老板道歉，你这个鬼！盖尔达抽噎起来。在这短短的几秒钟里，在盖尔达的心中她的全部生活消逝了。她过去在电视里看到的一切，她智慧的眼前的一切，都消逝不见了。盖尔达弯身时人们可以看见她长长的晒黑了的大腿部位以及她从低矮的跑车后座去取旅行包时的神色。

这漂亮的新汽车。这辆绝顶漂亮的汽车有了一个凹痕。妈妈的脸色变得雪白，如果现在就得付清车款那可真坏了！但盖尔达马上知道将会和必定会发生的事。她为了什么经常这样看电视到深更半夜？情况就会这样发生：她把自己像她新冬季大衣的一块垫子那样放在坡道前。米夏埃尔马上冲了过来，并且问道：姑娘，您没事儿吧？接着他把她抱了起来。再接着，像大家早就知道的那样，有什么东西在姑娘的脸前快速掠过。再接着，为了不把她放松，他会把她紧紧地抱在他的怀中。她将在山区的一间乡村别墅里静静等候帕特丽齐亚的离婚。再接着，在那里人们很好地照料她。她将完全单独一人，可是又不再是完全单独一人，因为这时她已有了**米夏埃尔**。

今天是周末，邻居先生在清洗他的大众汽车。

女同事英格丽特对老板说：我今天生日。那太好了！那么这位英格丽特，她的胃在哪儿呢？在这里！老板沉沉的一跃不偏不倚，正坐到了她的胃部正中。究竟我的英格丽特的腰子在哪里呢？在这里！快拿两只透明得像玻璃一样的钩子。左边，还有那右边。今天英格丽特小姐的头又在哪儿了呢？在这里！老板给了商店学徒一拳，把她的衣服撕破了；学徒两只脚光光的，而她对双足本是那么高兴。有时候全体职工甚至集资买一件漂亮礼物！可是这次却没有，真遗憾！

年轻的老板米夏埃尔先生踩了油门。汽车倒开了，这匹“快马”一下子朝后猛开，越过盖尔达，仿佛她是一个并不存在的东西。她也确实是个微不足道的东西，盖尔达看起来像是一块扎紧了的火腿卷儿。人家却只看山和山谷。也有些毛毛虫看起来会叫人这么讨厌。妈妈说，赶快跑开，人家已经在看了，注意新大衣！瞧你那模样儿！你知道，弄掉血迹多难，她在她女儿的背后面狠狠地捶了一拳，这一下可比被车轧死都更加痛，因为米夏埃尔先生恰恰在这个时候朝这里望过来，再说她毕竟不是一个孩子了，这个盖尔达，不是孩子，而是一块木头断面成熟的活的洗衣板。

明天她又必须穿她的旧大衣去办公室，他（米夏埃尔）当然也就不可能真正欣赏到她的新大衣了。

这一切进展都极快，几乎还来不及看一看，事情却已经发生了。

亲爱的青年朋友们！

你们的父亲肯定也有一辆汽车，这么一辆汽车肯定需要一大堆活儿。如果你们是男孩子，那么你们要和你们的父亲一起去洗车，为车上光，弄得你们全身很脏。如果你们是女孩子，那么你们要和你们的母亲一起准备饭菜，用上等的麦淇淋①，它有丰富的维他命，还有多种营养物质。你们弄脏了的衣服要用无机洗衣粉来洗个干净。

瞧这地板又变成了什么样子！我把两把汽车刷子在地板上拖着过去，赶快拿上等清洁剂过来！

不错，这就是有汽车的人的欢乐和烦恼！

叙述后的叙述

下午的电视节目是少女舞会。妈妈在织毛线上衣。盖尔达

---

① 即人造黄油。

觉得：她的有大领子的蓝色的那件和这里的一件非常相似。和哪一件啊？就是那边那个金黄头发姑娘穿的那件。你的那件更漂亮，妈妈说。盖尔达不声不响，因为她不想错过任何乐曲。盖尔达，你还想得起当年学校联欢会上你演奏手风琴的情境吗？妈妈问道。那真是好啊，大家都鼓掌，都认为演奏得像电台里一样好。

英格丽特在请求：请问，我是不是可以看一下星期六的配菜。如果想要求什么，那该怎么问啊？请问，请问。在第三次请问时，办公室主任抓住英格丽特的双手，让两只手重重地互打，以致手关节都快打裂了。要好好请求，英格丽特小姐，不能这样马马虎虎，办公室主任说。

要不要我像从前一样，给你和你的女朋友们为庆祝生日烤些什么？烤一只大蛋糕好吗？像你小的时候那样，盖尔达。盖尔达妈妈这样问道，她正在织一件毛线上衣。可是盖尔达情愿像电视节目里那样，去跳舞。

电视节目：“为自己要点什么！”表演台的长条衣架上挂满了各式衣服，迪特马尔·舍恩黑尔喊道：这里有些奉送的东西！大厅里一大群人响应他的喊声拥到了台上，像野人一样在堆积如山的衣服堆里翻挖。可是这时候有人在观察：这两位参赛家庭的母亲，在这样一个和大拍卖差不多的情形下究竟举止如何。几分钟之后，迪特马尔·舍恩黑尔请求大家重新回到位置上。你们抓到的，可以拿回家去。在这一瞬间，一位胖太太从观众席上冲到迪特马尔·舍恩黑尔手里拿着的麦克风前，并且对准麦克风大声说道：我想对您的太太问声好，道声谢谢……迪特马尔·舍恩黑尔看起来非常严肃，拉开了麦克风，并且说：可这个，现在还不行。这位太太马上跑开了。电视机前的英格丽特感到难堪，她为这位被送走了的太太害臊，她感到自己受到了羞辱。

真奇怪：所有那些在现代爵士乐里唱的人看起来都像电视里十八九岁的女孩子，他们表演起来那么轻松和毫无拘束；他们要么是大学生，要么是高中生。英格丽特穿着她漂亮的蓝色服装，几乎无人注意，她缺乏那种或具备或不具备的魅力。电视少女舞会里的金发姑娘穿着一件像她一样的连衣裙。英格丽特企图向跳舞的人说：甚至电视里的一个姑娘也穿过一件像她穿过的连衣裙。一个没打领带的大学生重重地踩了英格丽特的脚，以致浅口无带的黑色女鞋裂开了，长筒丝袜的线也钩破了。

尽管如此，英格丽特还是非常欣赏他，因为他看上去像今天电视里的所有年轻人，而英格丽特又很像今天电视里所有作为学徒介绍的年轻人。

迪特马尔·舍恩黑尔解释说：我们计划不久举办一次比较简单的游戏节目，也许是工人家庭竞赛节目。对这些家庭来说，也许三万五千马克不算是个小数目。

盖尔达的母亲对盖尔达说：宝贝儿，别忘了你的早餐点心。盖尔达在上班的路上悄悄地买了一本时装杂志——一本布丽吉特时装杂志。真是浪费。可是杂志里有许多照片啊！如果她在上班时不干活儿而是在读杂志报纸，老板马上会打掉她手上的早餐点心的。我们大家在为盖尔达担心。

迪特马尔·舍恩黑尔的太太维维·巴赫问一个瑞士家庭十四岁的儿子：哈啰，你还在上学吗？不，我已经有职业了。维维惊讶地说：真的啊，你的职业是什么呢？是旋工。原来是旋工，维维·巴赫可真的吓了一跳。

哈啰，青年们！

你们要不要问一下你们的父母，他们是不是愿意参加这么一次电视家庭竞赛节目？参加这样的节目不要任何先决条件，可以说，一点点先决条件都不需要。

唯一的先决条件是这个家庭必须由爸爸、妈妈、一个大约十七岁的女儿和一个大约十四岁的儿子组成。这确实并不怎么难，对不对？这样的家庭肯定会有几百万个。

每个家庭都有获胜的机会。

参加这个节目的唯一先决条件是一个聪明的脑袋。你们不都有一个聪明的脑袋，是不是？

如果你们报名参加这个节目，你们该会看到：维维·巴赫和迪特马尔·舍恩黑尔会非常开心！光这一点就值了。

叙述后的叙述（补充）

迪特马尔·舍恩黑尔请来了两个家庭的母亲。请你们对准麦克风讲，摄影机在那一头。先由奥地利家庭的母亲回答问题：当您看到台上有那么多人时，您心里在想什么？我心里想，他们大家都应该从这些衣服中拿点什么。那么您当时是怎么反应的呢？我当时就想走过去，就像刚才已经说过的，赶快为自己拿点什么，取点什么，尽可能多拿一点！谢谢您的回答，太太！现在该我们的瑞士妈妈回答了：哎哟，我当时想，我的天哪，已经**卖光了！**（大家大笑）我赶快趁乱尽量多拿点。（当奥地利妈妈已经抢到了三件时，她却一件也还没有拿到）现在测一测光。亲爱的汉堡人（这一次是这个城市负责进行灯光测试），你们更喜欢哪一组家庭啊？音乐。停止。奥地利家庭获得了这一次比赛的分数。迪特马尔·舍恩黑尔祝贺他们获得分数。

接着他对瑞士家庭的主妇说：我真想把奖金给**您**，尊敬的太太。（鼓掌）

现实

门铃响了，客人来了。帕特丽齐亚现在正等待着孩子的出世，她穿了一件孕妇服，目光中充满了期待，她一面织着或者说缝着一件儿童衬衣，一面走去开门。怎么，是妈妈来了，真是一个惊喜！快快进屋。伊达·洛加尔斯基迅速地瞥了一眼，目光尖锐。孩子，你需要的一切你现在都有了吗？妈妈，当然都有了。你也常去外面散步吗？是的，妈妈。你知道，帕特丽齐亚，活动对母亲和孩子都很重要。当年我怀我的小淘气时，我在店里总是拼命地干活。嗬，那个时代总算过去了。后来怀了米夏埃尔，接着又怀托马斯，这时我们的父亲已经去打仗了，我不得不把整个店独个儿放弃掉，挺起突出的肚子。你能想象吗，帕特丽齐亚？这肯定是个艰辛的时代，妈妈。我那时每次都以为，这下可会生个姑娘了，可依然不是，接连生了五个男孩儿。你们现在吃你们的避孕药丸，再也用不着生五个孩子了。可是这么多淘气鬼，也有我开心的地方。但是妈妈，我也想至少生五个！哈哈。

这整段时间，伊达·洛加尔斯基和观众都会注意到：尽管帕特丽齐亚情绪很好，试图表现得毫无忧虑，可是总有点不对头的地方。这一点可以在漫不经心的动作中，从只有很少人会发现的小事情上看出来。她有点不安，是的，她有点不安，不过她企图掩盖它。是不是伊达·洛加尔斯基眼睛看不见了？大家都一起齐声喊道：问问帕特丽齐亚，究竟发生什么事了！

可是错了。洛加尔斯基太太当然早就注意到：帕特丽齐亚的无忧无虑仅仅是作秀，不过一个女人在这样的状态下必须小心翼翼，非常小心翼翼。

洛加尔斯基太太了解帕特丽齐亚当然要比观众们深得多。

孩子，现在结束你的表演吧。发生了什么事？

妈妈，没发生什么事，没事。是不是为了孩子？哟，不，怀着的孩子一切正常，施泰因豪泽大夫对情况很满意。那就好了，那就没有什么大不了的事儿了。真的，真的一切都好，请你别操心，妈妈！

现在，帕特丽齐亚，有什么话都说出来，说不定我可以帮帮你的忙，说吧！只不过是……是什么呢？我相信米夏埃尔在公司里有什么生气的事，但我相信，他是够能干的。你爸爸很高兴他有这样的能力。洛加尔斯基太太几乎有一点动气了。可问题不在这里，妈妈。米夏埃尔是一个出众的年轻老板，是爸爸能期望的最好的接班人，他年轻，有活力，聪明，有创造性，思维新颖，商业上极其能干，还有其他等等。他真的给公司吹来了新风。父亲甚至想，如果米夏埃尔能够这样干下去，我们又可以扩大经营了。帕特丽齐亚兴奋得双颊绯红。洛加尔斯基太太很高兴，因为一切至少都没有什么问题。如果一个男人感觉到他的太太承认他是个正在干着事业的人，并且站在他的后面，这就已经意味着一个极大的胜利了。

帕特丽齐亚，如果这一切都进展顺利，那么还有什么使你心绪不宁呢？也许不会有什么糟糕事了。

有的，妈妈，甚至有非常糟糕的事。

那么究竟是什么事呢？孩子，对我说真话吧。

你知道，妈妈，米夏埃尔还很年轻。那当然好，如果一个年轻人这样能干，还是我的儿子，那还有什么更好的，对不对？听着，妈妈，不要打断我。让我说下去：全体职工在制造麻烦。我对这一点模模糊糊有点理解。这是些年纪比较大的男职工，他们在公司里很辛苦，艰难地爬上了高位，他们都很能干，很忠诚，很正派，他们不顾自己的一切。可是他们终究老一点了，当然（年纪大会招来什么是大家清楚的），他们也就不怎么了解最新的情况了。他们干得很卖力，但是他们已经没有自己的新想法，他们总是死守着陈旧的老模式。

（帕特丽齐亚说得像个科学工作者，这么聪明，表达时用词又这么恰当。）除此之外还有：米夏埃尔最终是我的丈夫，是我爸爸的女婿。如果他把这么个能干的人，何况他还是家庭的一员，放到一个随便什么不重要的岗位上，那岂不是在发疯吗？我说得对不对，妈妈？如果家里有个真正能干的女婿，就不该再把重要位置交给陌生人了。爸爸和我意见完全一致，可是有那么些人就是不理智，他们制造障碍，只要他们想得出。米夏埃尔晚上回来的模样儿，妈妈，你该看一看。他真是完全垮了，神经都崩溃了。他说，这并不是公开的对立，而是完完全全在后面搞小动作。妈妈，你知道，这些人会把一个人真正完全弄垮的（帕特丽齐亚说得像一本书一样）。就是这些人正在弄垮米夏埃尔，他们根本不看一看他是多么干练。归根结底，他做的一切还不是为了公司好，那不也就是为他们好。我说得对吗，妈妈？（点点头）而且这些人，是我打小就认识的人。这些人竟是这样不讲理，我真的没有想到。

当我还是一个小女孩的时候，就坐在这些人中的某些人怀里，特别是坐在老诺伊曼的怀抱里，我那时宁愿坐在他的怀里也不想坐在儿童游乐场上。他总是叫人着迷地讲咖啡是从哪些国家运来的故事。帕特丽齐亚一面说一面沉浸在回忆中。他和爸爸一起建立了公司，他一开始就和爸爸一起出力了。

现在这一切已经过去了四分之一个世纪！

重新说正事吧：可是他应该正视，现在出现了一个比较年轻的人，而这在生活里一直是这样的，老的必须走。我说得有理吧，妈妈。伊达·洛加尔斯基伤感地笑笑，因为她自己也老了，可是她清醒的理智重新占了上风，气愤地说：这些人用他们的小阴谋诡计真的把年轻人弄垮了。帕特丽齐亚，现在说声“不”起不了作用。我了解你，你把这些烦心事儿说得比实际情况轻多了。最后，米夏埃尔会没法保留他的这个职位。我了解米夏埃尔，他会拼命的。是的，妈妈。你知道，他总是什么时候回家吗？每天从来没有在晚上九点前回家过，有时候甚至还要晚。我现在已经得不到他一点点的温存。当然，总是有人触怒他，弄得他精疲力竭，为公司里的这些磨擦争执而费尽精力。我真的绝望了。

一个女人，处在这样的处境中！观众们都气愤了。特别是她现在就要生孩子的时候，人们是不是至少要安慰安慰她。

伊达·洛加尔斯基安慰她道：哟哟，别哭，孩子。我会对这件事负起责任来的。喔，不要，妈妈，请不要，请你不要插手。如果有人插手他的事务，他永远不会理解的，他必须，他也情愿自己一个人来解决这一切，只是他现在已经被消耗得差不多了。

好，孩子（洛加尔斯基太太看明白：现在不可以再使帕特丽齐亚激动了），那好吧。等着看吧。你说诺伊曼是不是他们中最讨厌的一个？是的，最近一段时间，总是叫人气愤。米夏埃尔说，他到咖啡烘焙房来已经有三次喝得酩酊大醉了。米夏埃尔说，他再这么下去，我要把他赶走。米夏埃尔说，如果他不是为了敬重诺伊曼曾经为公司做出的贡献，不是为了尊敬他的年龄，那么他早就被赶出去了。要是在别的地方，只要他来这么一次，就会被轰出去。但现在他要利用米夏埃尔的善良。另一方面，我也总是很喜欢他。我感到他真有点忘恩负义，他至今还有烘焙房主任这个好职位，不过他对咖啡豆的质量也真的很在行，别的人没有比他更懂的了。可是米夏埃尔是不会永远这样容忍下去的，他会和爸爸谈一次的（帕特丽齐亚已经说得一点力气都没有了）。

观众们看法一致。如果每个人留在人们给他的位置上，那么世界上就会少一些恼火的事，一切会更加和平些。如果您敢于反对您的上级，没法想象将会发生什么。归根到底，人们还得为家庭着想。

这个诺伊曼是不是成家了呢？洛加尔斯基太太这样问道，仿佛她猜出了观众们的想法。

是的，他成家了。他太太比他要年轻多了，但他没有孩子，一年前才结婚，结得有点晚。公司里有些人在私下议论：婚后的关系并不像本来应该的那样好。

啊哈，洛加尔斯基太太脑子里有一个念头突然闪现。

注意，帕特丽齐亚，孩子。什么事啊，妈妈？伊达伸出手臂抱着帕特丽齐亚，我会关心这件事的，我会把事情弄好的。不，妈妈，不！我已经对你说过了，你只会把一切弄得更糟。难道你不相信我吗，孩子？难道我到今天为止已经干了许多糟糕事吗？不，妈妈，当然不是这样。可是米夏埃尔不愿意这样，他要一个人来处理一切，这我已经说过了。但洛加尔斯基太太已经表现出果断的表情，这种表情意味着什么是每个人都懂的。

啊哈，观众们说，洛加尔斯基太太会整顿好的，肯定的。她聪明，实际，有经验，富人性，性情温和，又能干。她是一个人，不是一部机器。一个年轻人也许在这样的事情上会太直接一点。观众们对洛加尔斯基太太有信任感。如果你们有一个自己的洛加尔斯基太太，就会减少许多令人恼火的事。他们必须自己来做一切，没有一次做得这样好。

门铃响了。米夏埃尔回来了！喔，孩子！真好，我还能碰上你。你听着，你太冷落你的太太了。米夏埃尔脸色苍白，有点不安，他拥抱了他的妈妈及帕特丽齐亚。沉默。

沉默。空气中飘动着一个还没有解决的问题。最后洛加尔斯基太太拥抱了他们两个，她现在得走了。一切都会弄妥的。你们会看见的。米夏埃尔，你有一个母亲，这到底为了什么啊？

米夏埃尔斜视了一下帕特丽齐亚。妈妈知道了什么了吗？帕特丽齐亚沉默不语。真是戏剧性的场景。

最后是米夏埃尔打破了沉默。妈妈，我可以给你看看公司吗？是不是明天？十点钟对你合适吗？洛加尔斯基太太笑笑。这正是她心里想的。好吧，米夏埃尔，就十点钟吧。

那就明天——见了！再见了，孩子。突然大家明白了，连最年幼的小观众也明白了：一切都已正常。（请看下集）

叙述

一个非常好的可以游泳的礼拜天！大家去了游泳池。

英格丽特带上了她的半导体收音机，这是她生日时得到的礼物。妈妈带了事前准备好的午餐，还带了装了黄瓜色拉的大玻璃杯。英格丽特的母亲患有静脉曲张症。英格丽特喜欢和她的老板去游泳，但她的老板带了帕特丽齐亚，她就要生孩子了。这里好挤啊！妈妈说，你们不要这样挤好吗。可是这位身强体壮的太太自己也在用她的手臂、肘、大腿，以及她的大塑料包挤着别人。别人回答她说：您不要这么挤好吗。说着把她挤了回去。英格丽特，这真叫人受不了。英格丽特的母亲在骂着周围的人。他们大家都要泡在泳池里。一时大家都不响了。这是给大家游泳的地方，明朗的适宜游泳的礼拜天更不用说。那么如果票子已经卖光了呢？不，票子并没有卖光，他们大家都进去了。

波特尔·里克斯也在不停地游泳，布德、桑迪在潜水。

诺斯特兰小姐在求救，波特尔赶紧去帮她，原来她给夹伤了。波特尔用潜水刀在大腿处切了圆圆的一刀，把腿骨固定住，再把其余的腱剪掉。诺斯特兰小姐没有了腿，重新浮出了水面。

盖尔达想为自己和她的女友们搞到名人签名。如果波特尔·里克斯是她的老板，她一定会为他开门，夹大堆公文，一面还微笑着。

帕特丽齐亚今天也在公共游泳池，大家都对她很照顾，因为她就要生孩子了。她穿了一件毛巾布做的漂亮的孕妇服，很短。一位老太太说：身怀六甲，这时她最好穿得长一点。帕特丽齐亚笑得有点无可奈何，有点狼狈。米夏埃尔用膝盖撞撞这位老太太的腿，老太太的喉咙里发出咕噜的声音，像把小刀一样合拢了，不出声了。帕特丽齐亚用灿烂的微笑回报了米夏埃尔。英格丽特想招手，想大喊，想打招呼，想大吼。她爬到妈妈身上，她对妈妈说，这是我的年轻的老板，他带着他的妻子，他已经认识我了，我要向他表示一下问候。妈妈立即让英格丽特爬上自己的肩头，又从肩头爬到头上，母亲紧抓住英格丽特的踝骨，让她不致掉下来。人们可以看见英格丽特穿着夏装，她穿的是简单的白色贴身内衣，她穿的是简单的但已经有点脏的贴身内衣。英格丽特大声喊叫，像一个乘火车外出旅游的电影明星那样，或者像一个明星登上舷梯那样来回地挥舞双手。英格丽特在她母亲头上微微跳跃了一下，以便引起别人的注意。大家都朝她这边看了，因为母亲已经痛得牙齿咯咯响了，大片带血的头发掉了下来，因为她的头皮给英格丽特结实的旅游鞋跟弄破了，但是只有年轻老板米夏埃尔没有朝这边看，他在照顾他怀孕的年轻太太。帕特丽齐亚穿着一条超短内裤，它的颜色和上衣料子一样。她小心地活动着，委实优雅，她微笑地听着，表现出青春朝气。洛加尔斯基太太今天陪着他们两个，用阳伞挡住大家好奇的目光。她一直在转来转去，他们这几个人与众不同，他们事实上也真的如此。

盖尔达是唯一在电梯里重新认出了他的人，这个皮肤深褐色的穿了夏天浅色西装的人。这就是波特尔·里克斯，她在电视里总是看见他，赞赏他。她对波特尔·里克斯解释说，论年龄尽管她已经偏大，但还是非常喜欢看这档节目。她认为，波特尔·里克斯对这个来自这么大的观众圈子的一个声音，会感到高兴的。波特尔·里克斯说，我很高兴。接着他让这扇重重的铁制电梯门晃到她的脸上，她至少有一只眼睛青肿了，也许还更厉害一点。

为了报复，下个礼拜六又轮到弹球游戏机节目时，盖尔达不准备打开电视。可是到了下礼拜六，她还是把电视调到这档节目，追看这温顺海豚的冒险经历，是多么吸引人。

这时，英格丽特已经从妈妈身上翻落下来。妈妈擦伤了一点，但她说：孩子，你做得对，是得问候一下老板，但是如果他不朝这里看，你就没法儿问候。母亲脱去了一切，只剩下粉红色的内衣。母亲是臃肿的，肥胖的。当英格丽特用她的厚厚的橡皮鞋跟整个儿踩在她身上时，油脂都从她的毛孔里压榨出来了。可惜英格丽特游泳不好，否则她一定在老板面前显显本领；她的游泳衣也已经旧了。英格丽特在上中学时就穿着它了，这已经不是一件摩登泳衣了。你是不是给老板送一块油煎大排去啊？细心的母亲问道，或者给他送一份色拉？这是一个好主意。妈妈和女儿只带来了唯一的一只盘子及一只盛色拉的碗。英格丽特正用这只碗吃着，妈妈则直接用保温容器和玻璃容器吃着。今天不能这样。母亲把一块大排放到盘子上，甚至是那块最大的，外加几块土豆，最后再配上黄瓜色拉，特大的一盘。英格丽特平时最喜欢吃色拉，今天只好放弃了。不过她是情愿的，因为这是为了老板。她不怎么喜欢帕特丽齐亚。妈妈，我是不是该在小吃店再买一瓶可乐呢？或者买一瓶芬达给米夏埃尔呢，还是一瓶啤酒更合适？好的，英格丽特。妈妈给英格丽特零钱。平时英格丽特总是会给自己买一只冰淇淋的，可是今天她把钱都用在老板身上了。她决定买一瓶啤酒，是冰镇过的。然后她小心翼翼地端着，走向老板。这肯定会是一次成功！

工人家庭可以在“为你自己要点什么”这个电视节目里彼此在房间里互访，这些房间是完全按他们家里的样子配建起来的。他们相互问候，特别客气。他们相互说：我可以送上什么喝的吗？您是不是请坐下？来一点小点心吗？您要咖啡还是茶？不过那个德国家庭却有点害怕，害怕他们的家具在运到摄影棚里时会碰坏。这个家庭在仔细地察看所有家具的角和边。舍恩黑尔先生笑着说：尊敬的夫人，请不要担心，搬运时是非常当心的，你们的家具肯定完好无损。

米夏埃尔先生这位年轻老板毫不理解地看着英格丽特，她满脸血红，狼狈不堪地端着盘子和盛色拉的碗。英格丽特不知该说什么好，她口吃了。洛加尔斯基太太却对她很关心，帕特丽齐亚则什么都没弄懂，她一身的香水气味，她前面正放着糖果店买来的盛着水果片的硬纸板盘子。英格丽特说：我可以给您献上点东西吗？洛加尔斯基太太代表他们一家说：不，谢谢了！多谢了！这些东西可好啦，全是家里自己做的，是我妈亲自烤的。英格丽特总算费劲地说出了这么几句话。请你们吃吧！这不过是一点点小东西而已。谢谢了！帕特丽齐亚也说话了。老板却根本不认识英格丽特。她终于懂了。泪水从她眼里流下。在站起来的时候，色拉里有点醋洒落到了帕特丽齐亚的衣服上。米夏埃尔粗声大吼道：您难道没有看见我的太太正怀着孕，现在需要特别的照顾吗？他拂去了英格丽特手上端的盘子，不让一点点色拉剩在盘子上。盘子已经落在草地上，现在没办法再去吃了。真可惜。老板用他刚才打开弄破的啤酒瓶子去擦英格丽特的脸，英格丽特却完全没有想到马上去揩掉血迹。可她并不是存心的啊。妈妈在草中寻找大排，她总算找到了。如果剥去沾了沙子的皮，那么这块大排肯定还是可以吃的。否则不是太可惜了吗！英格丽特嗅了一嗅，得到了一点安慰，因为她还是有一点可以吃的。今天，妈妈放弃了她的色拉，把她的那份儿送给了英格丽特。真好！

瑞士家庭的母亲惊讶不已，因为连家里的金丝雀也被关在笼子里带来了，还一起上了电视，她真的笑个半死。那个奥地利家庭也带来了一只关在鸟笼里的鹦鹉，这只鹦鹉甚至还会说话！这些家庭骄傲地展示他们的家具和图画。观众会惊讶的！他们中不少人肯定也有这样的家庭陈设，但不是每个家庭都能够在电视里这样展示，这样的运气不是大家都有的。而且，上帝保佑，还整理得这么干净，一点灰尘都没有，完全可以表演给观众们看。家庭之间的闲聊主要围绕着这些图画，要找出可以给获胜家庭作为礼物的图画，那就要看家庭的审美趣味了。

大家更赞成选出那张老的，这一张他们更喜欢。

英格丽特对她母亲说，老板本来总是很友好很客气的，只是今天有点特殊，因为妈妈在旁边，否则就不会这样了。妈妈只好说，都是我们老家伙的错。她深感委屈。这时英格丽特拥抱了她的妈妈，并且给了她一个吻。

英格丽特的妈妈晚上看电视时说：上帝保佑，这个家庭赢了，他们要用这些钱造一栋家庭住房，这样花钱比花在旅游或别的什么上理智些。英格丽特回答说：柯斯特先生的住房你该去看一看，妈妈。可妈妈只是笑笑而已。

妈妈说：真遗憾，你没有十四岁的弟弟，否则我们也可以去参加比赛，说不定也会赢的！

亲爱的青年朋友们

今天我们又学到了什么呢？“给予”比“接受”要幸福，即使真正该接受的人一无所得、“给予”总是给了不该接受的人。

还有让你们注意到的是：谁马上“给予”，就“给予”双倍。

英格丽特今天亲身经历了这一点。

叙述后的叙述

吉塔是漂亮的。

吉塔不是在走路，而是在飘动。没有人在她身上看到：这一切不是自然而然来的，而是付出了劳动的。有氧体操、按摩、身体保养等等。

吉塔完全靠自己挣得了她的钱，她是摄影模特儿。她不向她富有的父母要一分钱，她是骄傲的。

盖尔达艰难地向前走着。她提着包裹，步履艰辛，走在她后面的是老板。盖尔达为他把包裹从汽车搬到电梯里。盖尔达直冒大汗。她衬衣的袖子已经被汗水湿透，背部也全是汗水。

吉塔是漂亮的。

盖尔达是难看的。

（英格丽特是难看的。）

很好①。保持这个姿势②，摄影师这样说道。他并不是在说这几句话，而是在唱这几句话。吉塔很松弛和放松。一个极其青春年少的姑娘。她们使劲要让拍下的照片遗留下她们的痕迹。但是人们看不到——痕迹。接着模特儿（读作 modl）和摄影师去吃饭。

英格·迈泽是漂亮的，但喜欢她的更多的是年岁大的人。

---

① 原文为英文：Ok, very good。
② 原文为英文：Keep it。

现在这位盖尔达取来了一瓶啤酒，部门经理在唱着歌。他从后面把他的阴茎插入盖尔达的体内，用整齐的步伐向前向前向前，把盖尔达一直对着墙冲去。盖尔达向前倒下了，她把她的可怜的头部夹到膝盖当中，用小手掌来保护。部门经理为了保持他的这个姿势需要积极主动快速的决断力和直觉，他现在要来证明这一点，因此，他把盖尔达的双手从头部拽开，让他的双拳像汽锤那样朝下呼啸。

帕特丽齐亚是漂亮的。

柯斯特先生、托米·菲施、英格·迈泽、波特尔·里克斯等都是漂亮的，他们各人都有各人的漂亮法。

盖尔达是难看的，英格丽特也是难看的。

此外还有更多难看的学徒和职工。

盖尔达小姐给我带来了些什么好东西啊？部门经理问道，这时这位小姐正穿过门，颈上套着装满啤酒的采购袋和购物袋，跌跌撞撞地走进来。盖尔达回答说：买来了。这是您的啤酒。

部门经理把盖尔达的双臂朝后又朝前拽，把盖尔达母亲缝制的办公室工作服从胸前大领口一直撕到腰部。啤酒瓶当场掉下来摔破了，玻璃碎片弄破了盖尔达的脚和腿。部门经理说：盖尔达，这里有什么好东西，把所有的都拿出来。部门经理享受地咬盖尔达的左乳房，像在咬一只小苹果，它美味可口。盖尔达拼命大喊。部门经理一面说：这是为了补偿那些打碎的啤酒瓶，一面牙齿缝里喷出了汁水。他还打盖尔达作为惩罚。吃了这"一口"之后，部门经理去工作了。

实际上这并不非常粗暴。现实中情况要坏得多。亲爱的小伙子和姑娘们，如果这里有一个人做得过分了，那么此人就是柯斯特先生，或者部门经理先生。

吉塔吐露自己的心声：即使有些人穷，本也可以用她们的外表挣到一份财产，可是她们却不知道。

吉塔是漂亮的。

光漂亮是不够的。英格·迈泽在一次采访中表示了这样的看法，除此之外还要智慧、优雅、机智、风趣等等，一个难看的女人也可以拥有这一切。盖尔达和英格丽特是难看的，她们既没有智慧、优雅，又没有机智风趣和聪明等等。她们什么都不具备。帕特丽齐亚是漂亮的。米夏埃尔是漂亮的。

部门经理把盖尔达的双手和双腿捆绑在一起，用全部力气在像包裹一样的盖尔达身上跳来跳去，现在盖尔达更加难看了，虽然大家认为，这样下去是不行了。

漂亮的人站到一边！盖尔达身上没有任何漂亮的东西！

现实

今天盖尔达的妈妈穿上了新大衣，戴上了新帽子、新手套，穿上了新鞋子，肩上还有新挎包。一切都是新的，新得发光，如同新油漆过一样。母亲几乎都没法动弹了。

盖尔达也穿上了节日盛装，穿上了女售货员称之为摩登和时髦的服装。可是穿了这一切她看上去既不摩登也不时髦，而是像前天一样。但尽管如此，她依然是一个青春少女，这样的少女人们喜欢看。母亲在自我设想：当她们现在可以去看望一个有身份的人的时候，比如去看望一个演员或者另外一个明星，或者去看望一个人人认识的人，该会是什么样子。如果这样，母亲就会立刻认上几个人。不过，她们如此盛装，仅仅为了去拜望格蕾特婶婶和汉斯叔叔。盖尔达设想的是：她现在去拜望托米·菲施，他和她盖尔达一样年轻、摩登。

有时候人们在电视里也看到两个年轻人躺在床上，他们大多数是大学生、新闻记者、富人的儿子和女儿，还有富有的艺术家，或者诸如此类，其中一个常常是金黄头发，另外一个则是深色头发。大多情况下是女的躺在床上，床毯盖在身上，但可以让人看到乳房的上部，男的则穿着浴衣躺在她的旁边，一面吸着烟。在我昨天看的电影里则是女的（一个女新闻记者）在吸着烟。两个人滔滔不绝地谈话，谈着一切可能的五花八门的事情，两个人聊得像疯子。那女的已经聊得精疲力竭，香烟也随之挂在嘴角，但是她说的话都是聪明的。那个男的也是新闻记者，说的也是聪明话，尽管如此，但总让大家听得懂。他们谈的是重大问题，一面谈，一面还在放唱片。突然这时电话铃响了。男的去接了电话，他非常激动，只喊了几句话，了解前因的观众看到这里高兴了：事关一件谋杀案。年轻的男新闻记者飞快离开。镜头切断。

没有人会去设想：当盖尔达或英格丽特张开嘴巴时，她们会有什么话要说。盖尔达和英格丽特最好沉默，讲话就让给那些学过讲话的人，而这，有的是一大批。当盖尔达或英格丽特试图像在电视里或电影里讲话时，她们马上不知道往下讲什么了，她们感到难为情。有时候盖尔达和英格丽特都以为有两种不同的语言，一批人说的是她们说的语言，还有一种是别的人说的语言。电视里的那批人跟别人非常不同，比如老板或年轻的太太帕特丽齐亚。

汉斯叔叔和格蕾特婶婶非常高兴有客人来访。他们烧了许多好东西，现在他们把这些好东西献给客人。妈妈已经在张口大嚼，盖尔达对这么好的大蛋糕也决不说个不字。叔叔和婶婶在不断地夸他们为他们的客人准备了的好东西。这时，母亲已经在考虑：下次叔叔和婶婶到她家来访时将给他们准备什么。她在头脑里翻来覆去想着菜的配方。现在他们吃的大蛋糕是点心店里买来的，这家点心店不过在十公里外！母亲坚决要自己烤一只更好的用面粉做的点心。盖尔达则在脑子里设想别的事情：她设想着，她现在在托米·菲施家做客！自从上次看电影以后，她再不想别的事了。母亲在和婶婶谈着盖尔达，仿佛她是一件家具。她们在谈着学徒期，谈着老板。盖尔达的神情好像是电影里比别人知道更多的人的样子，好像她已经可以跟老板熟悉得可以用“你”相称的样子。她马上挨了她母亲一个耳刮子！

新闻记者抚摩着年轻女新闻记者的头，两个人看起来似乎过着美满的生活。观众当然仅仅看到光明的一面，没有看到新闻记者职业沉重的一面。盖尔达已经听说，新闻记者工作非常辛苦，经常半夜三更还在路途上。那么他们什么时候有时间看电视啊？盖尔达向她的母亲解释。母亲说：你是怎么知道这些的，说完又给了她一个耳光。也许盖尔达的智慧会使办公室主任有兴趣？盖尔达在办公室里说新闻记者是非常忙的。这个时候办公室主任哈哈大笑，把盖尔达扔向了天花板。盖尔达怎么一下子会是个不动脑筋的人？脑子浅得像蘑菇，像平底盆，这么浅。主任惊讶，他没有想到，他做的一些事会引起这样的反应。

今天又有一次了，今天又看电视了。母亲给几只面包抹上了黄油，甚至还买了香肠，还给盖尔达买了一瓶可乐，一瓶家用大瓶装的，这样她可以节约一点钱，还因为大瓶装可乐保存的时间也可以长一些。盖尔达想讲讲白天发生的事情，但母亲发出了嘘声：别出声！马上有可以叫人大笑的东西了，母亲满脸期待的表情紧张地等着那会叫人大笑的地方，这个地方来了：场上观众咯咯地大声笑了，母亲笑得手拍大腿，笑得前仰后合，张开大嘴，双足蹬地，同时爆发出一阵怪声大笑。真是有趣！她确已知道，今天节目有趣，这档节目以有趣闻名。即使盖尔达，也忘记了白天的不快，只是刚才的政治影射她没有弄懂。她很少读报，情愿读爱情小说。母亲也没有听懂政治影射，但她还是扯开嗓门大笑。当她看见盖尔达没有反应时，她去拉她女儿的头发，用两只手指扭她的鼻子，盖尔达呜呜直叫唤，就像一条小狗。母亲说：看电视的时候好好专心，电视机好贵，要不你就去上床睡觉。不，妈，我不去睡觉！只要不去睡。对一切最好的奖赏便是看电视。

年轻的女新闻记者又说话了，这次是和她的编辑主任。英格丽特惊讶地看到：编辑主任给女记者端上了饮料。在英格丽特的现实中，办公室主任恐怕只会把瓶颈塞到她的喉咙里。电视不是现实，当然不是。但电视和现实十分相似，人们又认识了许多。当然在现实中有这样的人，他们生活得接近电视或甚至完全像电视里那样，比如老板，比如帕特丽齐亚和米夏埃尔。现实中的老板生活得像电视中的老板一样，几乎只看到电视里的老板。电视里一天不见老板，观众就会变得荒疏。刚好电视里晃过去一个姑娘，她很像英格丽特。汉斯叔叔和格蕾特婶婶大声吼叫和招手，他们甚至爬到沙发扶手上，可是电视里的姑娘连头也没回。那就等吧，汉斯叔叔和格蕾特婶婶一面说，一面挥挥拳头。他们还长达一小时地争论：侄女儿还没上电视，她已经傲慢起来了。格蕾特婶婶已经口含涎沫。上帝保佑，这个蠢姑娘在影片里被她老板解雇了，她活该如此！

盖尔达在想：现在托米·菲施在做什么呢？他肯定在排练一个新角色。一个美好但又吃力的职业。世上有许多职业，盖尔达也有了一个她适合的。电视结束。抽抽噎噎。但是明天有全新的节目放下去，甚至会和今天的不一样！期待吧。

哟，我亲爱的小伙子和小姑娘们！

你们当然只看青年节目，你们明天必须一早起床，那么晚上不可以睡得太晚。

如果今天节目不合你们胃口，用不着伤心，明天肯定会有你们心爱的节目。

当然，你们心爱的节目也会有遗憾，比如一个可爱的人或一只留在家里的可爱的宠物最后死了。

当然，你们心爱的节目也会留下遗憾。

叙述后的叙述

您的劳动对您意味着什么？这个问题提给了辅助工和建筑工。什么？（喧嚷）我该怎么说呢？我现在没有时间回答。师傅在那里。说什么？劳动对我意味着什么？我必须劳动，为的是能活着，为的是六十岁起能拿退休金。

我劳动赚钱，我也学会了别的职业。劳动为了活命，没有别的目的。那么**这种**劳动该对一个人意味着什么呢？仅出于习惯（我已经这样干了二十五年）。

辅助工，这不是劳动。这是给头脑简单的人，给白痴的劳动。我干这活，只是因为我没有学过任何东西。

只为了每周的工资，其他目的没有了。干的时候没有任何愉快。

那么干什么才会一面干一面愉快呢？那我知道有比劳动更好的事儿。

我们是生来干活儿的，更好一点的事儿对我们说来是没有的。

让我们知足吧，我们至少还有活儿干，每当我想到这么多人失业……

您的劳动对您意味着什么，这个问题向建筑工头提：我什么也不干，我是监工，所谓的技术领导。劳动不意味着什么，我只需要注意：让一切这样下去。

索尔岑的漂亮女儿多丽丝中了头彩。富有的建筑师尤尔根·海希勒领她去户籍登记处登记结婚。英格·迈泽这期间在优雅的肯平斯基大酒店察看长餐桌，她使所有的酒店服务员头痛。这些服务员性格开朗，万分幽默。他们用他们的小玩笑戏弄英格·迈泽。酒店的饭菜太贵，海希勒先生付了极大部分钱，但不可以让索尔岑一家知道，他们会认为，他们应该独家支付高贵婚宴的全部费用。多丽丝第一次婚姻带过来的儿子（米夏埃尔，是另外一个米夏埃尔）很难习惯新的父亲。他执拗，他倔强。

您的劳动对您意味着什么？演员兼导演奥托·申克回答说：水对鱼意味着什么？他不知道，没有水会怎么样。“劳动”恐怕不是一个正确的字眼，也许我们应该杜撰一个新词。劳动这个词总有那么一点和“流汗”连在一起的可憎的附带意思，听上去总有这层意思，尽管它对我们大家都有好处！

在汽车里，生气勃勃的多丽丝·海希勒说：这事儿不可以给爸爸妈妈晓得一点点。海希勒说：不用担心，他们一点不会知道的。就在这当儿，肯平斯基大酒店的英格·迈泽正在生气：她的妈妈，为了给人欣赏赞叹一下婚宴的排场，怎么可以从养老院里带来一个一起养老的老太婆呢！妈妈，难道必须今天带来？她这样问道。养老院的老太婆很是惊讶，在她的一生中，她还没有看到过这么好看的东西，多高贵华丽的宴席啊。电视观众不停地大笑，因为英格·迈泽做得委实也太不灵活了。但是他们对那位高贵的厨房主管的确也有点害怕。

您的劳动对您说来意味着什么？这个问题现在向盥洗室清洁女工提了。是啊，您知道，我已经养成了客气的习惯。我做这活儿为的是我的老板。我对这个问题实在没有个人的看法。不过有时候也有一点看法：客气是一种装饰品，当然没有它也过得下去。我们只为了老板，这您知道。我们不可以有什么看法。我们每天能得到多少收入，这才是我们感兴趣的。几乎每小时老板都派个人下来检查检查：哪里必须换一换，哪里必须修理修理。现在他们会在干活儿的时候当场把我逮着！（对不起，尊贵的太太，我刚才似乎听见了收音机的声音。冲水）除了钱，劳动就不意味着任何东西。我愿意完全老老实实地说，劳动对我说来不过是一种弥补。我是办公室里好争吵的老猫——一个长舌妇，像人们说的，一个长舌妇。我不愿意在这里做到老，这不是我所梦想的。我父亲是优秀得多的中学教师。他真会大吃一惊的！

新郎的兄弟是一个知名的内科大夫（迪特尔·布尔歇），他做了简单的讲话。他在讲话中加入了机智的轶闻当作调料。这给头脑简单的索尔岑一家深刻的印象，而这时米夏埃尔的举止却没有一点教养。英格·迈泽对她丈夫说话了：你也必须讲个话。他说，索尔岑先生不敢，他不会说话。这时英格·迈泽敲敲他的杯子，那他必须讲话了。他的讲话虽然简朴，不灵活，愚蠢，简单，但是却是向心里去的，因为这个讲话就这么简朴地、不灵活地、愚蠢地、简单地中断了。观众们看到这里哭了，因为他们自己的父亲在他们自己的婚礼时也许也说了这同样的话。

您的劳动对您说来意味着什么？这个问题是向屠宰场的屠宰师傅圣·马克思提的：因为我喜欢，这个职业正中我意。

劳动是美好的。

因为我**爱**这职业，我学过屠宰，我为此骄傲。我经济上收入也不错。

屠宰，和牛和猪打交道深深诱惑我。每个人必须有他的任务。这个任务诱惑我的首先是和同事们休戚相关的那种感觉。

劳动对我意味着很多，这虽然是一份血淋淋的工作，名声有点不好，但它使一个人感到满意。我们有一句屠宰师傅的老格言。它这样说：你不能给动物生命，但你能给动物快速死亡！

英格·迈泽对大家说，这年轻的一对当天晚上就飞到特内里费岛[①]去度蜜月了。但是这话与事实不符，因为第二天晚上在希尔顿大酒店的屋顶花园为建筑师的摆绅士派头的朋友们举行了一次大型招待会。多丽丝要求不邀请父母，因为他们想避免与那些摆绅士派头的朋友（请见上）接触。她说，此外，爸爸还根本没有晚礼服。海希勒先生（尤尔根）说，那我们就做一套吧，可是多丽丝说不，爸爸妈妈在这么一个招待会上，不知道该有哪些相称的举止。她说，这对你来说是毫无问题的，但对我爸妈来说就有问题。妒忌的儿子米夏埃尔在玩着。英格·迈泽手里接到一张邀请柬。英格·迈泽想着：这年轻的一对已经去度蜜月了。她大大出乎意料。她吃惊，高贵的女婿为他们而难为情！索尔岑一家感到受了侮辱，他们对米夏埃尔说，不管发生什么事，你总归是我们的外孙。外婆站在你这边！电视观众也感到受了侮辱。他们感到：高贵的女婿也会为他们而深感羞愧。他们准备好不再支持他。他们更情愿像索尔岑一家那样，而不情愿像海希勒先生那样。

劳动对您说来意味着什么？演员米夏埃尔·海尔涛回答说：我干我的爱好，和作家一起讨论，研究剧本等等，完全出于自

① 特内里费岛（Teneriffa），大西洋加那利群岛中最大的火山岛，度假胜地。

愿。这其实是聘任，不是什么劳动。具体的劳动仅是把一个作家写好的东西加以形象化。没有劳动，我实在没法想象。如果没有这样的劳动，我也会为自己创造这样的劳动。

当海希勒夫妇从蜜月旅行回到他们的高级住宅，并且把米夏埃尔从外祖父母处接回来时，他们马上注意到有什么事情不大对头。气氛是冷冰冰的，是紧张的。妈妈，发生什么事了？情况有些反常。英格·迈泽说得简明扼要，并深感受侮。她说话时不像她平常的样子：米夏埃尔，这里是你的书包，跟你的父母亲走吧。观众们这时满意得都发颤了。抓住！给他！你为我们搞到的住宅，我们现在不想要了，我们才不想当看门人。我们已经知道，这栋住宅实际上只值七百多马克。我们不要施舍。电视观众这时非常惊愕。这么漂亮的住宅啊！而英格·迈泽竟然不要，换了他们，他们会立刻接受。这原因主要是：电视观众没有钱，他们也没法有自尊心。英格·迈泽则相反，她有自尊心。观众说：如果我们也去参与拍摄一个电视剧，我们也会有自尊心的。

您的劳动对您说来意味着什么？学徒们回答说：

劳动应该为我们以后的生活做准备，让我们学会一门职业。

我们活着为了劳动和发展。

劳动使人愉快，至少对我说来是如此。

为了我以后的生活而学会一门职业。

做辅助工——这在今天实在太差劲了。

我劳动，为的是我能赚钱养活自己。这实在就是生活。

为的是我日后能建立一个家庭，有一个家。劳动也使我愉快。我婶婶也是钟表匠，我想日后能接下她的店铺。

劳动使人愉快，但不劳动更使人愉快，更使人愉快。

为的是从生活中能获得什么。为的是赚钱。为的是我能有所成就。为的是我能买些什么。

主任先生说，盖尔达小姐竟有这么漂亮的肚脐眼。说着用一把直尺长长地直穿了进去，并把直尺从背部穿了出来。盖尔达大叫，像是给大黄蜂叮了一口，同时感到受了侮辱。过了一会儿，主任先生抱来了厚厚的文件夹。他简短地一本正经地说：盖尔达小姐，请您把这些和这些账单找出来。盖尔达说：不，我不做这事儿。我也有我的自尊心。如果您刚才没有用直尺钻我的肚皮，我恐怕就会找出这些账单。就是我也有自己的自尊心，盖尔达这么快根本是看不过来的，她的脑子像一只鸡蛋一样爆开了。电视观众说：如果人在劳动，就不可以有自尊心。

如果不愿意听，那就必须去感觉。

您的劳动对您说来意味着什么？画家恩斯特·富克斯回答说：劳动对我朴素地意味着一切。我很喜欢劳动，以至于我想把它赐予每一个人。自从工业化以来，人们已经不能再去爱劳动。我认为，这是人的根本疾病之一。

对索尔岑一家说来，不可能去找到一所住宅，因为房租太高。楼梯走上，楼梯走下，爸爸已经累死了。突然英格·迈泽站在富有的女婿面前。对不起，你能为我们搞一套住房吗？是为了父亲。他已经精疲力竭。当然，最好马上。小事一桩！英格·迈泽克制了她的自尊心，一切又会变好的。尤尔根还说：以后请别去影响米夏埃尔在学校里抄别人的家庭作业，他得了两个不及格，这会妨害他升级。他必须学会劳动，别让他娇生惯养。

观众们会心地微笑。就是这些外婆么，她们娇惯了这些活宝。她们完全都是这个样子。

您的劳动对您说来意味着什么？出租车司机回答说：今天这样的交通，劳动不会给我带来任何快乐。我不得不长时间地停车，这样乘客就生气，如此等等。

您必须对这个行业有爱心，否则在我们这个行业中不可能每天去干十二个小时。

我必须劳动，因为凭今天的工资报酬，是根本入不敷出的，我必须每天开车十八小时，否则就不成。我必须劳动。从中得到愉快是根本没有的，过去倒是有过，但是我现在仇恨劳动。

我该做什么呢？希望不再开车，可是我有家啊，那就只好将就啦！

像一只母老虎一样，盖尔达从埋伏的地方紧紧地夹住主任的裤腿，紧抓不放，这样她就被拖着往前了。这使她身子发痛，身体上所有尖尖角角、有棱有角的地方，但就是不能松手放走！她号叫着：主任先生，请，请……一面紧紧用指头紧抓衣服料子。我会把账单再拣出来的，我已经丢掉了我的自尊心，我已经不再骄傲了，现在一切又会好转的，主任先生。主任先生用力把他的腿踢向公文橱，盖尔达的心里像春天的冰那样喀嚓一下，但她还是不松手：主任先生，请别踢文件夹！我不骄傲了，我已经是骄傲的反面了。

劳动对您说来意味着什么？一个司法官员这样回答：我在值班室里干我的工作。一整天看材料，散一次步，又重新工作，然后洗一次澡，然后去楼里工作，然后是审理，现在我们正去东蒂罗尔州的利恩茨进行一次有趣的旅游考察。

对我说来，我的职业意味着很多。我希望我能办中学，这会使我非常愉快。

主任先生说：真对不起。仿佛在他面前的不是他的盖尔达，而是一个陌生女人，仿佛他踢下了她几颗臼齿。盖尔达咕哝着喊道：主任先生，我考虑过了，我不再骄傲了，为了工作！电视观众理解地点点头。如果她刚才不那样骄傲，她现在也用不着这样吃苦。甚至英格·迈泽——她比盖尔达永远要高出许多，连她也看到：过分的自尊心会给自己带来许多苦恼，首先是从为人们所爱的那些人那里得到苦恼。如果盖尔达在看电视的时候好好儿注意，那么这样的事就不会发生了。这个电视节目本来就叫："无可救药的人和他们的自尊心"。这个节目就是意味着：某个人自尊了，某个人就不可救药了。某个人太自尊了，这是合符自然的。

您的劳动对您说来意味着什么？电影演员赫伯特·富克斯说：劳动应该给人愉快。当人们听见这个字的时候，认为同时听见了"流汗"这个字。对劳动有这样的概念，我是不接受的。

对于劳动，我永远不可以有这样的感觉。

主任这样说：盖尔达，如果您的确已经认识到了这一点的话，那么我可以再一次让您试试。不久，我们的盖尔达耳朵都红了，激动地去做心爱的办公室工作。观众们感动了。作为女新手，不可以在工作之初就感到受侮，如果上级不是那么存心对着她的小脑袋的话。电视观众却经常是更加成熟了的人，即使他们，也不可以马上深感受侮的。

您的劳动对您说来意味着什么？挖墓工人这样回答：这个难回答。我才开始干，这活儿我很喜欢。这个工作比较有保证。人们到哪儿都必须劳动，却并不是总能愉快地去劳动。

我们实在是埋葬的助手。这活儿中我的意。说愉快么，谁也不是，不过也得有啊。我们都是长期雇工，露天操作，掘地劳动。（我过去是木工，但是现在在脚手架上我就会头晕。）这种劳动不是愉快，就是那么一种掘地劳动么。

我还是觉得愉快的，干活时总一直抓住把柄。我们在这里总是准时结束劳动。

这是一份比较有保证的工作，人总一直在死么。

什么已经使人愉快了呢？我没有觉得愉快。

乌拉，我又可以干办公室的活儿了！盖尔达幸福得在她的写字台上跳来跳去，像一只纵情而跃的鸟。这个时候主任弹跳了过来，把他主任的重量全压在盖尔达的双脚上，把她重新从桌子上硬拖了下来，使劲用他的重拳把学徒又重新摔到旋椅上，这之后还饱以老拳。盖尔达的脸哭得变了形。这时主任说：您刚才答应我什么了，盖尔达小姐？她马上又笑了，笑得像十五的月亮。观众们也又笑了，哈哈哈。人们可以在家里，在电视机前走走，多么好啊！

亲爱的男女听众们：

这个句子不是编造出来的。这个句子是真的：

您的劳动对您说来意味着什么

叙述

帕特丽齐亚的面部表情是想象着自己内心的表情，也就是说，她在看着自己的内心。她在自己内心看到了她的孩子，这个孩子三月份该出世了，如果这其间不发生什么意外的话。帕特丽齐亚这其间会发生什么意外吗？

相反，盖尔达梦想着：她的面部表情是想象着自己内心的表情，也就是说，她在看着自己的内心。她梦想着，她在心里看到的是她的孩子，这个孩子三月份该出世了，如果这其间不发生什么意外的话。

但是盖尔达这其间发生了很多意外。

帕特丽齐亚-盖尔达，是一个对照。

本来人们根本不能把帕特丽齐亚和盖尔达对照起来的，因为不能把一些非常高的东西和一些非常低的东西对照起来。那就是说，我们也不能把帕特丽齐亚和盖尔达对照起来。

洛加尔斯基太太正好在给米夏埃尔穿星期天穿的裤子。今天为了庆祝假日，米夏埃尔可以穿上色彩鲜艳的西部牛仔衬衫，并戴上用印第安人羽毛做的头饰。真是集猎人和被猎者于一身了。米夏埃尔情愿做猎人。他在大喊：妈妈，米夏埃尔是猎人。接着把印第安人的羽毛扔到了地板上。洛加尔斯基太太警告说：别这样，别这样，我的孩子。可他是对的，还是不对的呢？现在要一匹马！米夏埃尔只需要提出要求就是了，这个娇生惯养的小子。这时母亲已经跳了过来。伊达·洛加尔斯基太太听话地弯身当马，让她的儿子骑上她的背部。米夏埃尔从妈妈的背上紧抓住妈妈的头发，打着洛加尔斯基太太，用他学走路穿的鞋子后跟踢“马”的屁股。妈妈飞快奔跑，穿过柯斯特大楼的通道。办公室的门都打开了。好奇的、心情愉快的职工都向门外偷窥。好奇的、心情愉快的职工不知所措地笑着，像白痴一般。他们站在门口，重心从一条腿换到另一条腿地支撑着全身，交叉手臂关节，弄得关节咯咯作响。由于不知所措，他们都斜歪着头。在很普通的一个工作日，竟然有这么多开心事，这让他们还真不习惯呢。

帕特丽齐亚正在看布丽吉特杂志里就要做妈妈的妇女的照片。就要做妈妈的帕特丽齐亚希望自己看起来像杂志彩色照片上的准妈妈。帕特丽齐亚即刻跑出家门，去买一件手工织的印度裙子。帕特丽齐亚便是表现和平的一幅画。如果我们在我们的妇女身上看不到美和优雅的和平世界，那我们会多么可怜。

柯斯特先生说，他能很好地表达自己的想法。柯斯特先生抓住站在他旁边的英格丽特，然后像挤榨一只柠檬似的挤榨她，从头榨到脚趾。他抓住了英格丽特全身，只要他抓得住的，他都紧榨一气，像绞干一块湿手帕似的绞干英格丽特。英格丽特的脸一下子看前面，一下子看后面，然后又看前面，整个过程都是顺时针方向。绞得她肌肉和腱都发痛了。上帝保佑，由于她经常干的是单调的办公室工作，她早已发育不良，肌肉和腱很快就撕裂了。

盖尔达相反，她是难看的，没有吸引力的。

柯斯特先生扶着他的女儿帕特丽齐亚。她像刚才一样，一直还在期待自己的孩子出世。柯斯特紧紧把她扶着。他们俩就这样穿过柯斯特大楼的所有通道和走廊。柯斯特先生先举起帕特丽齐亚的右脚，然后谨慎小心地把这只脚向前挪动一步到地上，然后他又举起她的左脚，重复同样的动作。然后他把变得沉重但始终还极其漂亮的帕特丽齐亚的身体向前推移。作为一个人和作为一个父亲，他充满了关爱。我的女儿怀孕了，但我的女儿是一个摩登少女，尽管这样，她还从事运动，还做其他的时髦事情。

盖尔达与此相反，她刚刚走过。她提着一包面包和盛着热咖啡的保温瓶，这是妈妈叫她带上的，虽然职工食堂本来就有咖啡。这时她看到了柯斯特先生。他非常高，可以友好地瞧着盖尔达。办公室主任却从来没有这样友好地瞧过她。出于高兴，因为柯斯特先生友好地瞧着她，盖尔达自愿用玻璃瓶打自己的脑袋。玻璃碎片马上钻进她的头皮，把盖尔达变成了一个头上满是玻璃刺的活的仙人球。热热的咖啡也弄脏了她的新白衬衣。然后，盖尔达要显显她的本领：她能用一条腿站立，一面还用手打着手势表示，“请，请”。其他商店职员和学徒对盖尔达很羡慕，他们也要显显他们的本领。他们做侧手翻，头倒立，吞食点着的香烟，把小刀刺进身体的各个部位。柯斯特先生尽管笑笑，却并没有说一句赞美的话。他知道得很清楚，他能走多远，他不能走多远。

好了，亲爱的小伙子和姑娘们！

又失魂落魄了？你们真该害臊！

如果人们甚至能一直嗅到这里，那么柯斯特先生当然马上能嗅到一切，这是一清二楚的。他紧挨你们站着。如果你们不能更好地显示你们的肌肉，那么这个工作就对你们不合适，那就意味着：要调换调换。因此我要说的就是：劳动劳动再劳动。

你好！我再来说一次。

盖尔达和英格丽特接受了我的建议，但是她们只是向你们显示：这些东西如何失去了节制。老板说：小姐，您做这个，小姐，您做那个。盖尔达自以为：老板指的是她。英格丽特则肯定知道：老板指的是她。两个人马上抢着去干，把头猛撞在一起了。每个人当然都要当第一。然而一个挡住了另一个的路。这样，两个人都生气了。她们于是相互咬胳膊咬腿，她们相互撕碎劳动服，相互殴打，打得像蛮汉一样，还吐出牙齿。她们这样敌对了这么久，老板只好用鞋跟插在她们当中。到了他脚下的，就再不成为原来的模样儿了，比如盖尔达右脚的大脚趾。争吵总算结束了。两个人必须清理她们打破了的一切。但是这样一幅图像却还延续了几天：两个血淋淋的脑袋各在一个角落里，相互愤怒地、敌视地突出眼睛直瞪瞪望着。真不好相处。她们难道没有注意到：每个人只想着自己，不想着公司，而公司却本是第一位的。这里就补充这么一句。此外，还有自私自利，还有：目光短浅。

我再想说的就是：劳动劳动再劳动。

现实

多丽丝说，我要把画挂在沙发的上面。那位著名的建筑师说：您怎么样上去啊？多丽丝说，忽地一下就可以上去（她穿着蓝色牛仔裤，很有运动员风度，但仍然很漂亮）。她轻盈地一跃把画挂到了墙上。突然她失去了支撑，轻轻地叫了声“啊”，便从上面笔直摔到她后来的丈夫——著名建筑师的臂膀上。他紧紧把她抱住，非常紧。多丽丝淘气地笑了笑，并且说：好吧，赶快吻我，你不是老等着要吻我吗！然后两人接了一个长长的不想停下来的吻（吻哦）。

英格丽特不想把视线从电视机那边移开。她对她妈妈说：我希望，也会有人来爱我，我指的是真正的爱，像电影里那样，他会真正属于我。我指的是真正的爱，妈妈。妈妈说：我的小兔子，我不是真正爱你吗！真正的家，母爱才是最最纯洁的爱。你可以完全信赖这种爱，而对一个男人的爱却不可信赖。观众这时轻蔑地笑了。他们从电视里已经真的看到：有真正的爱情。英格丽特也相信这一点。英格丽特，保持你对美好事物的信念吧！

摄影模特儿吉塔只是坐在那里，听着摄影师里柯对她说：我爱你。他说得几乎毫无诗意。他是毫无诗意的，可他是温柔的。这一点观众们是知道的。但这一点吉塔还不知道，她只知道他毫无诗意的一面。虽然摄影师说“我爱你”时像骂人一般，但他爱吉塔确实更多的是温柔。不过里柯对吉塔的吻更多是硬邦邦的，尽管里柯的爱情，已经说过，更多的是温柔。

英格丽特，这头蠢母牛，还一直在想着有人会爱她。学徒期看起来没个终了。如果英格丽特真的有人爱，说不定学徒期会很快到头。母亲把英格丽特紧紧抱在她母亲的怀里，给她一个重重的吻，并且说：女儿啊，我可是很爱你的！英格丽特几乎无法挣脱。她说：妈妈，我想的是，有一个男人真正地爱我。这时母亲脱去了她的拖鞋，用它对着英格丽特耳朵周围打去。英格丽特缩成一团，身体变得很小，叫人讨厌，虽然英格丽特过去也很小，也已经叫人讨厌了。有更多能作比较的观众早就注意到这一点了。

你们好，我又来了，亲爱的小伙子和姑娘们！

英格丽特的确说了爱，她指的也是爱！你们听得一点没错。

叙述后的叙述

十点整，米夏埃尔的母亲——洛加尔斯基太太步入柯斯特咖啡大楼。这一次她是作为胜利者，而不是战败者。所有的门向她敞开了。女秘书亲自引她穿过走道，穿过沉重的大门，走进老板办公室，走进年轻老板的办公室，进入米夏埃尔的办公室。早上好！我的孩子。洛加尔斯基太太穿着图案朴素的连衣裙，外加丝绸的配套外衣。她吻了米夏埃尔。现在还不过是早晨，可是他已显得如此筋疲力尽，疲劳得无法再疲劳了。疲劳得像电视里的所有老板。他们重担在肩，这些男人，这些操纵着我们经济的男人。

米夏埃尔神经质地喊他的女秘书，但是母亲安详镇静地把她冰凉的手放到他的额头上。她只说了声米夏。这个在幼儿园里用过的昵称又使他重新恢复意识。请原谅，妈妈，我真的负担过重了。我是不是应该下次来，孩子？不，妈妈，我的确很高兴。我们马上走吧。科尔贝小姐，如果有人找我，就说我陪我母亲去参观公司了。

到处站立着惊讶的职工，他们在赞叹洛加尔斯基太太。当他们看到他们的老板，他们又飞快地逃回到他们办公室的门后。好吧，我们进地下室吧。越走越深。机器的轰鸣声、隆隆声、高温、汗水。这里，工人们在烘焙房里干活，烘焙着著名的柯斯特咖啡。洛加尔斯基太太说：咖啡是这儿做出来的，真有意思。

洛加尔斯基太太像平常一样，面对观众总不灵活，她喜欢她笨拙的优雅、她的热情和聪明。请您就这样不灵活、带点笨拙地面对傻瓜们。洛加尔斯基太太让人给自己作深入的解释，一面说：啊，噢，原来这样，这样。她的脸紧张得像是加了一层皮。领班推推工人们，他们挤到了前面，又回到了暗里，并且听着解释。这里，尊贵的夫人，坏的咖啡豆是在这里拣出来的。用手拣出来的吗？领班笑得出声了。但是人们注意到，他永不会笑洛加尔斯基太太，他笑的是她的小小的幼稚话。不，当然不，尊贵的夫人。我们用机器拣坏咖啡豆。如果在决定要出售的咖啡里混进了一颗这样的坏咖啡豆，那么这整批货就不能用了，那就只好销毁扔掉了。洛加尔斯基太太可以从早已拣出来的坏咖啡豆中闻一闻味道。她夸张地皱皱鼻子，说这味儿难闻。尊贵的太太，我已告诉过您，味儿难闻。

米夏埃尔不停地神经质地看着表，突然问领班：请告诉我，诺伊曼今天在哪里？他早就该在这里了。一面对他母亲说：诺伊曼再当烘焙房的主任有点过时了。我已经告诉过你，他跟岳父一起在战后很快建起了公司。他同岳父相比缺少一些创造性，少一些商业才能，但是他作为工人倒极为可信，十分认真，在这里，在烘焙房里真是少不了他。

他现在在哪里？观众们到处找他，但在他们喜欢他之前，他们更想早点认识一下这位年迈的诺伊曼。

领班吞吞吐吐狼狈地说着，但他什么都没说。洛加尔斯基太太马上注意到：领班只是在狼狈地吞吞吐吐，不过什么都没说。

突然，衣帽间对面的门打开了，一个喝得烂醉的形象摇摇晃晃、凄凉可怜地闯进了机器房。我们大家——远比别人为早，已经知道了：这一定是诺伊曼。诺伊曼晃晃悠悠地过来，直瞧着他年轻老板的脸。

像已经说过的，他完全醉了，蹒跚着，处境极糟。他不像烘焙房的主任，更像一个酒鬼。

米夏埃尔深感厌恶地朝后一退。但洛加尔斯基太太这个对生活抱机智态度的人依然十分冷静，甚至在她的脸上显露出对这个老年人的同情。作为女演员的英格·迈泽知道，洛加尔斯基太太脸上的这种表情该怎样去表演。

您喝醉了，米夏埃尔说。他又对领班说：这件事儿您为什么不报告我？又对诺伊曼说：我已经对您说过，如果再出现一次这样的情况，那您就马上走人，即使您已在公司里干了五十年，您也得走。真是闻所未闻的放肆。至于您的粗心大意我就更不愿谈了，您的粗心大意在这里会带来巨大危害。米夏埃尔突然愤怒地大吼起来。诺伊曼这张更像是动物的脸因为对年轻老板的恨而慢慢地扭曲了，可是这脸上同时出现了一个念头的苗头，一个凶恶的念头。即使诺伊曼也是能用他的脸表达思想的。

但是现在，真是太过分了。我不能再考虑您曾经付出过的忠诚服务。我已经警告过您。第一次发生这样的事情时，您第一次得到了停职。我将要和我的岳父讨论这件事。年轻人有时缺乏分寸，不过这里米夏埃尔要坚定行事了。亲爱的电视观众，请你们设想一下：如果喝醉了酒的诺伊曼做了点什么，让一个工人也许因此而受伤或者甚至死亡了，那多么糟糕啊！

电视观众以为：诺伊曼会马上袭击米夏埃尔，并把他打倒在地，仿佛他是老板，而不是被打者。洛加尔斯基太太已经轻轻地在喊了，领班已经准备好了跳跃的姿势，想去保护他的老板。可这时老诺伊曼突然猛地转身。一语不发。灾难暗藏。肯定还要发生什么——我们大家都清楚地知道。

米夏埃尔全身还在发抖。他现在说：过来，妈妈，我对担任领导真的已经毫无兴趣了。我真遗憾，你必须亲眼看见这事，这个可怕的场面。但诺伊曼这样下去是不行的。洛加尔斯基太太说话了（上帝保佑，总算又走在凉快的过道上，已经远离机器的噪音和高温）：这个人看起来有苦恼，很深的苦恼。米夏埃尔激烈地反驳说：胡说。他是忍受不了一个更年轻更合适的人做他的上司。洛加尔斯基太太温柔但坚定地反驳说：我认为，有什么别的事情把这个男人累垮了。你没有看看他的双眼吗，孩子？诺伊曼的眼睛管我什么事？ 米夏埃尔嘲讽地笑笑。

我们大家知道，洛加尔斯基太太有道理，并且不久将会证明：诺伊曼的苦恼与公司无关，这是私事，有过错的是这私事。

洛加尔斯基太太严肃地说：米夏埃尔，你可能是一个好主管，但你在人性方面还缺少点成熟的东西。可笑！米夏埃尔对此干脆不加理睬，但他的良心开始领悟，滴答滴答地开始了。

洛加尔斯基太太说：我现在得走了。她走了，像她来的时候一样。米夏埃尔现在有了别的担心。

次日，诺伊曼没有出现在公司里，又过了一天依然没有。真是无法原谅。第三天来了一个电话说：五家分支机构已经把寄送去的咖啡退了回来。要求索赔。不能用的咖啡。其臭无比。答案是：坏咖啡豆！分拣机把坏咖啡豆掺进要寄发的咖啡豆中了。是谁在完全一个人看管操纵分拣机的呢？当然是诺伊曼。他在怠工破坏。只有诺伊曼能够有意这么干，其他任何人都不懂这个复杂的机器！米夏埃尔怒火冲天。现在，诺伊曼走了，这下没有任何请求可以再帮助他了。指挥棒断了。我们大家，我们这些看客，恐怕都曾经因为小小的失职而被赶走过。米夏埃尔并不是一个残酷不仁者，他是有正义感的，甚至是宽容的。但是过了分就是过了分。洛加尔斯基太太后来在共同的家庭晚餐上得知了事情。

她的决定是坚定的。第二天早上就要执行，执行这个决定。像往常一样，这是个好决定。它对大家都是好的，并不仅仅对一个人好。

好了，亲爱的小伙子和姑娘们！

你们也想这些……

你们也希望这些乏味的商务事件快快结束？这样，洛加尔斯基太太又能去做更好更有味道的事？比如去撮合一桩婚事，或者诸如此类的爱情故事。我们大家的确也更喜欢这些事情。我们也喜欢听到比如赖纳斯太太可以过继一个孩子的事，因为她想要一个孩子，可是又得不到。这些实在是生活中的重要事情，还有和这些类似的事情，等等。

我们确实想轻松轻松，因为工作我们每天总是有的。

我们的工作真的已经足够了。

人们每天经历的事情通过电视经常会得到一种吸引力和它自己的意义，而这种意义人们平时是根本不曾注意到的。是不是这样啊？

我们只要在电视机前张开双眼，竖起耳朵，打开心房，其他的一切便会自己来了。

不过你们只是永远不可以打开你们的裤子，这个不可以。

否则你们永远不会变成像洛加尔斯基太太那样，而是变得不好，变得不值分文。

现实

业余 DJ 彼得说：你们取得的成功只有很少的歌唱组合和流行歌星能取得，你们几年来一直处在领先地位。

快！赶快！帕特丽齐亚紧追她的米夏埃尔，及时在入口处拦住了洛加尔斯基太太。妈妈，回来！比起你的手提包商店来我们更需要你。当然，如果她这样地被请求了，她只好回来。商店需要她，家庭需要她，大家需要她。尽管如此，她还远远没有像有些电视观众那样已经消耗得衰老，她还一直非常朝气蓬勃。她对她的儿子说：我的小老板。但米夏埃尔毫无反应。即使洛加尔斯基太太从他舒适的罩裤中取出了什么，他也毫无反应。这罩裤已经成了松松垮垮的直线。洛加尔斯基太太飞快地拉紧，又试着让它能弹回去，他也什么反应都没有。我的小老板，你究竟怎么啦？母亲问道。我没事儿，你走吧，妈妈。母亲说：倔小子，那好吧，我走了。OK 老板。说得像电影中的

OK 一样，简短，明了。即使对我们不懂英文的观众说来，也简短，明了。

盖尔达和英格丽特从来不说 OK。她们说：请，老板。很感谢，老板。年轻的老板，也说到就到。他走了，仿佛一切都是属于他的，这也是属于他的。职工及高级店员不断地对他们该弯腰的地方弯腰。大多数情况都没有什么重要的。米夏埃尔像在一般情况下一样，肌肉动都不动，但他脑子里记录下了每一个细节：那里一个肚子太大，这里一个手指甲太长。他对办公室主任说：请您过来一下。办公室主任立即变得高大了，比他刚才高大了。请我们的观众设想一下这样一个情况：您比办公室主任更加高大了。这时候您会吓得要死。您害怕了，因为其他人突然也变得高大了。它什么地方该结束？有没有止境？

办公室主任爬着过来，已经说过，越爬越近，抱住了米夏埃尔的大腿，结结巴巴地说着一些关于高尔夫球赛的事儿。这时年轻老板迈着大步，用一根高尔夫球棒打办公室主任，就这样打着穿过办公室。大家高兴得大声喊叫：真谢谢老板。接着，高个儿和很矮个儿的人玩起大家喜欢玩的学徒乒乓球。木制的学徒头被职工们相互打来打去，于是发出了有特色的乒乒乓乓的嘈杂声，毫无罪过的文件夹板这时当作了球拍。这些球拍上沾满了血和头发。OK！常去电影院的或常看电视的店员懂得okay这个英文字。但在办公室里只有更高一级的才说OK，在业余时间里大家就都说OK了。

业余DJ海因茨说：大家知道，在严酷的流行歌曲领域里要爬到顶上面是多么的难，而且几年内不要被人挤下来。所以对大家来说，我们的乌多·尤尔根斯①平步青云是值得我们惊叹的。

非常感谢！谢谢！虽然乌多并非学徒，也非低级商店职员，他说的确实是“非常感谢！”和“请，谢谢！”但说的时候，他并不是为了要求原谅。他在付出，他在耗费自己，他并没有任何要求原谅的意思。“谢谢”这个词出自他口中，听起来像是一个亲昵的字。盖尔达今天在大型演唱“秀”中近距离地听了许多歌曲和旋律。她说：妈妈，这我也会！接着盖尔达便大声喊了起来：谢谢啦，不谢啦。她非常激动。乌多会的她也会！但是她的邻座——一个年纪比较大的办公室同事把她的头按倒在他的双手间，又把她的头弯倒在她分开的大腿间，把头

① 乌多·尤尔根斯（Udo Jürgens，1934— ），奥地利歌星，词曲作者。

向下拉，又把头向后面弯。这位同事说：我不愿成为演唱会的败兴者，究竟是不是太多，由我决定，以及和我一起的其他观众来决定。现在，盖尔达必须坐在后排，并从下面观看了，而且再不能喊“谢谢请吧”了。真遗憾。盖尔达感到她的脊椎骨马上要撕开了。完全又因为她在这么好一个音乐会上举止不怎么好的缘故。乌多其间还说：你们大家一块儿大声唱！（轻轻地唱。太轻了。太弱了。）乌多拉开嗓门大笑。坐在便宜座位的来宾已经唱得不错了，不过坐在这里前排的我还什么也没听见。便宜位置的观众突然勃然大怒。出于骄傲，一些年岁大的官员几乎中风。整个儿再来一遍。玛蒂尔达，玛蒂尔达。坐在盖尔达旁边的妈妈大声和唱着：玛蒂尔达。她骄傲得像一条狗似的大声吼唱，声音盖过乌多的称赞。他们比买了昂贵票子的人更好！这时演唱家已经说话了：现在只请前排座位的观众唱！并且笑着说：为的是你们也学到一点。后座的人，请安静！盖尔达的母亲终于理解了歌词，她非常高兴，因为她本希望能再一起跟唱的。她只好轻轻地自己抽噎般唱着“玛蒂尔达”（抽噎般：玛蒂尔达）。但是，这时比她更便宜的一个后座观众给了她脑袋瓜一下子，她停住了。像对其他人一样，这也适用于您，请您安静！这个打人的男人根本没说一声“请，对不起！”，而这时甚至乌多也说了“请，对不起！”，何况这个乌多地位却要高得多！

这么长的一篇。你们这一切也都懂了吗，我亲爱的？这非常简单。这一切都发生在现实生活中，它不是杜撰出来的。虽然大部分写出来的东西都是杜撰出来的，除了你们的公文和银行结账单。这些是真的。即使柯斯特先生的银行结账单也都是真的。

盖尔达的妈妈躺在地板上，匆匆忙忙的音乐会听众越过她母亲的身体，像疯子一般飞奔去衣帽间，或飞奔去台前，想去握一握乌多的手，对他说一声谢谢。盖尔达也想献上几朵鲜花，这是她和公司职工一起买的。学徒和小职员们一起凑钱买了这束鲜花，它们甚至还是玫瑰花呢！在电视里，只要逢到献花，总归大多数是玫瑰花（花中的女王）。职工里没有一个看见，可是盖尔达一直还扭歪着身子没有站起来。要赶快了。乌多马上说 OK okay 了，并且走下了台。对盖尔达来说太晚了。盖尔达还要为乌多读一首诗，这是她专门为了今天的缘故从妈妈那里学会的。可是母亲也还躺在地上，她已被踩了个半死。

在母亲节的“为自己要点什么”这档节目中，由参与竞赛节目的家庭的三个儿子组成了一组（这是违反原来节目的），并且一起朗诵一首母亲的诗。迪特马尔声称：这是事先并没有安排进去的，不过我对这个节目表示欢迎。三个小伙子中的一个却顿住，背不出了。这多么扫观众的兴啊！设想一下，如果这恰好是您的儿子，您会多难为情啊。

像在一座大城市的生活一样，在现代化的办公室里工作也是丰富多彩的。主任几乎还没有走，大家便已经讨论开了：谁会是下一任主任。每个人都想把别人比下去。有些人在玩网球，有些人只能玩乒乓球。许多人在收集着什么，大家的汽车也是各不相同的。在商店职员那里可以说许多都是很不相同的，可是原来在那里一切都是一样的，完全一样的。除此之外，在商店职员那里一切是一样的还是完全两样的，这本来也是无所谓的。主任几乎还没有到，大家已经在点头哈腰了。他们是一样的还是两样的，这是完全无所谓的。

是啊，每当岳父和自己女婿在说话，洛加尔斯基太太总会感动。柯斯特先生和米夏埃尔亲密地走过通道，米夏埃尔的阴茎高高勃起，像是无人在场。一下子勃起，真棒！母亲不能用怒骂和其他办法做到的，柯斯特先生只通过他的在场就做到了。

根本不费吹灰之力。OK！

业余 DJ 瓦尔特说：顶尖的人就是，许多歌星、歌唱组合只能梦想而极少能达到的人。

乌多·尤尔根斯说：顶尖就是我所达到的，但是这可不容易啊。

盖尔达的母亲在回家的路上不断在唱“玛蒂尔达”，过往行人用各种各样的东西对着她打去。只有当她说：乌多·尤尔根斯公开地称赞她所唱的之后，这些人才突然改变了主意，才变得悄然无声。她是他们中的一个，不过乌多把她变成了一个特殊人物。盖尔达的母亲得感谢她的能力，但也要感谢她的运气。盖尔达在考虑，她是否该寄送包装好的鲜花，可是这要花寄送费。

在老板专用厕所里，米夏埃尔把一切都用手弄了出来。总算弄出来了。嘀！商店职员让它在里面，只有他们回了家才办得成，可回到家后，有孩子，太太，还有业余爱好等许多事要对付。接着就把它忘了。米夏埃尔这玩意儿可太多了，不仅对付得了帕特丽齐亚所需要的，还有许多这些好东西可以扔掉。

盖尔达哭着说：现在我把乌多的地址丢掉了。母亲说：你就是只会思念你的乌多，他也肯定会一样高兴。盖尔达当然会这样做的，因为“思念”是不必花钱的。谢谢你，妈妈。但对一件真正的礼物，盖尔达会更加高兴。可是乌多已经有了一切，一幢房子，一辆汽车，一切的一切。也许“思念”真的是最好的。思想是自由的，不花钱的。乌拉！

我们的盖尔达刚开始思念，观众却并不刚刚才开始思念，因为他们知道，还有别的东西要思念，他们的工作至少同样是重要的。但愿盖尔达这位小姐这时没有别的思念穿插进来，比如办公室及如此等等！

亲爱的小伙子和姑娘们！

你们知道，乌多·尤尔根斯顽强不懈地自我锻炼，每天工作许多小时。

你们知道，乌多·尤尔根斯在自我锻炼吗？他说，他这样顽强地自我锻炼给他带来了极大的愉快。

劳动不会败坏形象。

我们大家要真正感到高兴：劳动不会败坏形象。你们想象一下一个形象败坏的乌多·尤尔根斯！简直无法设想：乌多·尤尔根斯必须突然以败坏的形象登场。

叙述

你好，比尔叔叔！你们好，孩子们！嗨，你好，戴维斯先生。你好，弗伦奇。请您和孩子们马上进去，我这里还要和吉西忙呢。嗨，吉西小姐吃了吗？如果我可以问的话。吉西小姐还没有到这样的程度（啊，好，小吉西，现在再高一点，这样就好了）。继续搞下去，小吉西。比尔叔叔。吉西。气喘。现在轻轻地咬。啊哟，别太紧。这个你还得学。要非常柔和，你咬的时候得有感情。啊现在很柔和了，咬到上面这光光的头上。啊哟，别太用力，吉西，要非常柔和，要非常有节奏。真好，吉西。布费也已经喝了她的奶了吗？我可以来帮一帮吗，比尔叔叔？好吧，布费帮帮吉西。我的小布费！你看见下面那两个袋袋了吗，布费？看见了，比尔叔叔。好的，布费。你把它们举起来，然后非常柔和地压压它们，然后……对了，就这样，小布费。这东西有点分量，比尔叔叔。我是不是去把乔迪叫来？乔迪比我还要强壮。不是这样，布费，你还真要再学着点儿。你不是我的灵巧的小妮子吗，还是不呢？现在抚摩。比尔叔叔，我几乎举不起来它。布费，就这样摸下去！你现在做得很好了，做得真好，布费。我晓得的那个人今天得到一份特大的巧克力冰淇淋。啊，太好了，比尔叔叔！别放松，布费，继续再这样抚摩。比尔叔叔？喘气。喘气。吉西？你一定认识我新的女朋友格拉迪斯吧？认识吗？喘气。她说，洛利波普商店要一个上半天班的时装女售货员，这家店也接受大学生。那我可以赚点零花钱了，除此之外，买所有的漂亮衣服还好打折。比尔叔叔，你想象一下，我可以为自己买上一切。我已经看中了一件时髦的鸡尾酒会女礼服。讨厌，你这个小鬼头，我的小吉西。喘气、喘气。你现在不好停下来，这会使比尔叔叔不舒服的。喘气、喘气。拿过手指头来，再继续像平常这样搞下去，像我教过你的这样搞下去。喘气、喘气。吉西，好，好，就这样！喘气。这家时装店在哪里啊？在郊外，比尔叔叔。那可不行了，吉西。喘息。喘息。这么晚到郊外！如果你乘一辆出租车，那么所有的收入都当车资花掉啦。喘气。好，好，吉西，就只要这样继续下去，现在摩擦。喘气、喘气、喘气。这样好。可是比尔叔叔。抽噎。其他人都是可以的。你不可以，吉西，你还太年轻。我可以多给你零用钱，明天我们一块儿去买件漂亮连衣裙，同意吗？啊啊啊……我的吉西做得真好。这时比尔叔叔的阴茎高兴了，它一跳一跳的。你瞧见了吗，它跳的样子，小吉西？喘气、喘气。比尔叔叔的大阴茎在哪里？在这里，比尔叔叔！小吉西，你这样搞它，它高兴了！喘气。啊啊。现在再快一点，再增强，吉西，就像你学过的那样搞，很好！好极了。喘气。流汗。我的吉西。我的。比尔叔叔！别打扰！现在乔迪！可是比尔叔叔，这是重要的：汉泽尔和葛莱特尔现在又走了，我的仓鼠！喘气。呻吟。喘气。你没有注意吗，乔迪？注意了，比尔叔叔。哭泣。抽噎。但是他们全走了。呣，戴维斯先生，我可以提醒一下吗？呻吟。好吧，吉西。地方在哪里！是弗伦奇吗？人们也称金熊叫仓鼠，因为它们冬眠时间长得像熊一样。我们会重新找到这些小动物的，戴维斯先生。快点，吉西，快点，一直摩擦下去，布费。把它捏紧，把它相互摩擦。布费，一起来玩一会儿这两个小球。谢谢，喔谢谢，布费。你真行！今天给你一个大冰淇淋。呻吟。呻吟。啊哟，啊。原来它们在这里！汉泽尔和葛莱特尔，你们这对坏仓鼠，为什么你们跑掉了？只要在高尔夫球袋里瞧，比尔叔叔，多可爱啊！它们只需要孤单单在这里营造它们的窝。我们给了它们好的养料，给了它们一只美丽的笼子，又对它们宠爱有加。这一切为了什么，为了什么啊？为什么它们跑掉了？你知道吗，噢，吉西，啊哟！乔迪，每一个人在生活里。呻吟，呻吟。呣，戴维斯先生，都会说，乔迪，它们要独立自主。独立自主？是的，乔迪，独立自主，不听人支配。啊，呻吟。注意，现在马上要发生了。一直这么下去，对，吉西，布费，一直这么搞下去，再快一点！好，好，啊啊，好的好的，很好，再快，啊哟，真舒服。呻吟、呻吟。快点，啊啊啊！！你擦干净自己！我的好吉西。喘气。今天已经好多了。比尔叔叔多俊俏。它们都要单独建造它们的窝。我们给它们好养料，一只漂亮的笼子，给它们许多爱，但它们要独立自主，弗伦奇先生这样说。它们要单独营造它们的窝。喘息，喘息。中止喘息。又喘息。孩子们，你们看，你们的比尔叔叔从刚才发生的事情中总结出了一条教训。喘息。这家时装商店叫什么名字，吉西？叫洛利波普，比尔叔叔。喘息。如果这个工作岗位现在还空着的话，吉西，你可以去接受。不仅你们的仓鼠要独立自主（喘息），你们人有一天也要长大成人，这就是说：要独立自主。喘息。喘息。自己挣的钱还不够买一件连衣裙的。喘息。你现在走进了生活，出去吧，吉西。喘息，呻吟。谢谢，非常感谢，比尔叔叔。亲嘴，亲吻。你尽管如此，还喜欢吉西，比尔叔叔？正因为我喜欢她。呻吟。那我们就给我们的仓鼠自由吧。对，孩子们。喘息。生活打开了它的门，吉西和仓鼠走进了生活！

是啊，亲爱的孩子们！

光看电视是不够的，自己来做要好得多。当然，你们并不能模仿电视里看到的一切。当然你们也不可能有比尔叔叔，因为他生活在美国，他生活在纽约。你们在这里的叔叔也比比尔叔叔要矮得多。即使建筑师比尔叔叔在这里，也会比你们家里的卡尔叔叔要高得多。但是你们根本不要一个电视里的低微的比尔叔叔，对不对？虽然他和你们家里的卡尔叔叔非常的相像。

因此，看看电视也就够了，自己来做的，必须是你们的工作，而不是别的。尽管如此，你们比那些根本没有电视机的可怜的孩子要好多了，但当然比那些有彩色电视机的孩子要差多了。如果你们自己有一台彩色电视机，那么你们就已经够高了，那么我在这里所写的就不是为你们了！继续祝你们读时快乐！

叙述后的叙述

这么大一块油渍！沾在新的蓝色裤子上，今天早晨还没有这块油渍。它肯定是从我早上当早点吃的黄油小面包上沾来的，英格丽特想。在一条新休闲裤上有一块大油渍！这条裤子英格丽特上个礼拜才在一家时装店里买的，这家时装店简直像是摩登时尚商店。女售货员认为，英格丽特穿上这条裤子，看起来几乎就像只有穿上裤子才好看的女人，像一个女时装模特儿，或者一个女演员，或者一个很有钱的人。尽管穿了这条裤子，英格丽特看起来依然像是个一文不值的人。这么大一块油渍！沾在新展示出来的时装裤子上。

我希望有一个女秘书的工作岗位，因为我喜欢用打字机。我希望有一个摄影模特儿的工作岗位，因为我喜欢穿漂亮的衣裳，喜欢挣很多钱。我希望成为商店职员，因为我喜欢会计、算账，喜欢和文件打交道。我希望成为演员，因为成名诱惑着我，掌声诱惑着我。我希望在建筑事务所里工作，因为我在那里能成为技术人员的同事。我的父亲大人直到今天还为我取得了儿童资助金。请，如果您在这里签上一个字的话。

母亲一再叮嘱英格丽特：你今天不可以忘记，今天老板生日。商店职员大家都凑了钱，买了一张贵重的慢转唱片。老板有许多古典音乐唱片，但是这一张他还没有。我们大家情绪都很激动。英格丽特拿着盛在一只古旧的包装得很好看的复活节鸡蛋盒子里的饼干，它的配方只有妈妈知道。整个晚上母亲在烘烤，搅拌，配制，称分量。英格丽特端着这个小包，如同端着一只生鸡蛋。

办公室女雇员更想成为医生的女助手。这是有趣的职业领域，许多姑娘希望、愿意到这个领域工作。有两个字的开头字母我们是大写的：客气（Höflichkeit）和助人为乐（Hilfsbereitschaft）。真的存在办公室职业对年轻姑娘的诱惑吗？是的，因为升迁的可能性大啊，可以做到办公室主任的位子，成绩会受到重视。我们这里，职业的竞争就是价钱的竞争。我们有明亮的舒适的空间，对青年人的关怀在我们这里是大的，大得像写 Höflichkeit 和 Hilfsbereitschaft 的开头字母一样的大。为我们有能力的学徒喝彩！现在让我们再回头来叙述一下英格丽特吧。生日庆祝会已近高潮，柯斯特先生坐在他家属的中央，坐在鲜花的海洋中。一切都散发出香味。穿着漂亮西装的职工们像狂躁症病人一般，大鼓其掌，他们像在他们总是可以大声喊叫的足球场上那样疯狂喊叫。在办公室里大喊大叫非常令人害怕，所有的职工同时惊慌了，因为在他们必须安静的办公室里他们竟大声地喊叫了。但这时，柯斯特先生说话了：谢谢你们长年的忠诚，但我现在得去烘焙房了，那里的工人还准备了一个小小的庆祝会。商店职员们知道，他们的庆祝会比工人的庆祝会要庄重得多，他们给柯斯特老板送了一张慢转唱片。工人们也许会送给柯斯特老板什么东西，但肯定不会送文化方面的东西。这时，柯斯特先生说话了：谢谢了，谢谢了。喊声又立即四起，像是出于内心的迫切愿望。他们止不住地喊：万岁柯斯特！没命地喊。

对商店职员提的问题是：您对什么表示害怕？我害怕生存的威胁。我害怕天气变糟或者害怕红色政府。我害怕我们不能及时认识到未来属于我们青年。我们的好青年将不会堕入大麻之害。我害怕入室盗窃犯。我害怕变老。作为基督徒我没有害怕。我害怕我会失去我的工作岗位。我害怕上帝不喜欢我，我害怕我的上司。

明年再见了，假如我明年还活着的话。柯斯特先生风趣地加上了这么一句。职工们像水牛一样，跺着脚。他们扑倒在地，尖声厉叫，狂喊乱嚷，手舞足蹈，他们大笑，前后判若两人。他们相互拥抱，如果没有别人在旁，他们就自己吻着自己，大声狂呼，一片喧哗：那当然，老板！明年再来！大声嚷嚷：明年我们再买一件更漂亮的礼物。这时英格丽特的时刻到了。她想冲到前面，满脸泪珠，要向老板献上完全由她自己制作的甜美礼物。可是这时，办公室主任看到英格丽特裤子上的油渍，那块可恶的油渍。他向前一个鱼跃，像运动员般的一个鱼跃，在最后一个时刻死命地抓住了英格丽特的后腿，向她扑去，使她翻倒。英格丽特这时紧抱饼干盒，却不慎压扁，使它破相。啊哟啊哟！办公室主任捏紧双拳，不断地朝英格丽特的脊椎打去，打得她五脏六腑都要爆裂。拳头像连珠炮一样，噼里啪啦打在英格丽特的后背上，打得她都散了架！但远比肉体之痛更甚的是损失了那些美好的礼品饼干。英格丽特更多的是为了这个损失而哭泣，而不是为了疼痛。现在她已无法再给柯斯特先生一个惊喜了。如果柯斯特先生预料到他会得到这样的生日礼物，他肯定还会再待一会儿的。可是现在柯斯特先生已准备走了，普通的日常的一天又重新开始。柯斯特先生现在在外面肯定在说：唱片是好的，美的，如果得到什么可以吃的，真正家里细细做出来的生日饼干，我会更加高兴的。英格丽特像她爱玩的弹球游戏机的弹球一样飞快地赶到门边，也许她还能追上柯斯特先生和米夏埃尔先生！尚有几块烘烤好的点心完好无损呢！上帝保佑。但这当儿，办公室主任又一次冲向前去，把兴奋的英格丽特再一次打翻在地，并把一只椅子的尖脚压到她的太阳穴，然后自己坐到椅子上，英格丽特的头被踩出了一个洞。疼痛使英格丽特恢复了理智。她说：我情愿没有想到要给老板送饼干！疼痛虽然厉害，却使英格丽特恢复了理智。她想做的只不过是这一点点！她紧并双腿，因为她难为情了，但尽管如此，大腿缝中还是有东西缓缓地流了出来。也许这也仅仅因为惊吓。

英格丽特最爱的明星波特尔·里克斯在她这样的处境中能从弹球游戏机中飞身出来帮助她吗？波特尔会给办公室主任一下上勾拳吗？英格丽特认为会的。对了，今天她又可以再看一部续集了。也许还有几块饼干可以让英格丽特吃吃。

母亲在家里问道：好吧，说说老板是不是高兴了。英格丽特立即一面哭着，一面如实相告。这时，她理解这一切的好母亲也抱紧拳头在她头上重重地打了一下。母亲说：姑娘，因为你从来不用双肘去排挤别人。尽管如此，英格丽特还是高兴马上有电视看了。但是母亲为了惩罚她，叫英格丽特整个晚上跪着背对电视机，以致英格丽特什么也没看到。真遗憾！这是英格丽特在家里最喜欢的惩罚。英格丽特整晚背对着电视机，只是自己在设想着：波特尔现在正在做什么。波特尔做了一大堆事儿。他和弗利珀经受了危险的遭遇，而英格丽特却必须跪着，背对着电视机。波特尔也因此很不高兴。遗憾，这么多的人对英格丽特生气。英格丽特紧紧用背对着电视机跪着，为的是她至少还能弥补一小部分。英格丽特就这样跪着，几乎要把地板跪穿了。英格丽特喜欢跪，因为一切也许又会重新好起来，像电视里那样！

你们呐！

如果你们从前在一家漂亮的学徒之家里曾经是坏孩子或类似的坏孩子，那你们当然知道，在那里每天有一个孩子必须背对电视机跪着。这是那里一种为人喜欢的惩罚。这不会让任何人真正感到奇怪显眼。当英格丽特必须做这件同样的事情时，你们却感到奇怪显眼了。第一，因为英格丽特并没有生活在这样一个学徒之家，而是生活在她妈妈身旁，生活在家里。第二，因为英格丽特是在一本书里背对着电视机跪着。如果有的事情写了下来，那么它马上会起到叫人生气的作用。如果有人轻轻地做了同样的事情，则会起到叫人较少生气的作用。当然写下来的事情会变得不叫人生气。对英格丽特来说则是同样的痛苦，不管它现在写下来还是没有写下来。背对电视机跪着总是使人痛苦的。

叙述

洗发、剪发、烫发。英格·迈泽踏进了理发店。她是贵宾，一个职业语言中称为VIP[①]的人。一位女理发师立刻平躺在地板上，以便英格·迈泽可以舒服地把她的双腿放到软和的地方。但迈泽太太示意拒绝。请你们像对待别的顾客一样地对我。大家听了都神采飞扬，像会发光的东西一样。英格·迈泽也神采飞扬得像个人物。

交通高峰时段。女舞蹈演员基希必须去排练，突然车子开不动了，她的大众车抛锚了。交通因而阻塞，汽车喇叭大合唱了。一个年轻人骑着自行车弯弯曲曲骑到了她那里。发生什么事了？熄火了！而我还得马上去排练。我们先得把这部车子推走。他们也真的把车推开了。现在怎么办呢？现在我去叫一部出租车，我必须马上就走。可是这里您是不可以站着停留的。可是我得去排练。我给您一个建议：您会不会骑脚踏车？会的。那么您就用我的脚踏车。我在这里修您的汽车。那这之后我该把车开到哪里去呢？开到音乐厅去。谢谢，非常感谢。钥匙插了进去。基希一开始的踌躇马上得到了克服。这位年轻人这样友好，这样有礼貌，这样助人为乐，肯定是个大学生，或者是

① 重要人物（very important person）之意。

个工人。基希骑着脚踏车走了。镜头切断。下一场面：基希和漂亮又灵巧的女同行在排练。这其间一位俄罗斯经纪人、一位法国舞美设计家和一位美国客座明星在快乐地聊天。但这一点对我们并不重要。基希，你怎么能这样做呢？真是我们的典型的基希！你至少该有他的地址吧？我没有。那么他有没有给你看　看他工作单位的地址和身份证呢？也没有。一切进行得这么快。那么他叫什么呢？叫汤姆。啊哈，汤姆，原来这样，那祝贺你了！这部大众汽车你就算永远地丢啦！我要对你说基希：你啊活该如此！基希只能微微笑笑。不过，她已经有点担心了。镜头切断。汤姆进了地下停车场。你好，主任！一位机械师这样对着他喊道，这位机械师刚修好了一辆亮锃锃的保时捷车。你好，彼得，有什么新闻吗？电视观众马上知道，这辆保时捷一定属于这位汤姆，并且知道：这位汤姆事实上比大家想象的地位还要高多得多。的确，汤姆真的地位很高。他是建筑师，是一家建筑公司的主任，尽管他还这样年轻。主任的女秘书、一个会议，还有一次谈话，还有更多的长途电话等等等等都在上面等着他呢。大家都把这位年轻的主任叫做汤姆。他是一位年轻的主任，还是一位受大家喜爱的建筑师。建筑师在电视里总是非常可爱。许多孩子看完电视后说：我以后要做建筑师。不过只有很少的孩子日后能真的成为建筑师。

关心剧情的快乐使观众们都紧并膝盖，像虫一样蜷缩成一团地关注着。基希这下定会惊讶了！镜头切断。年轻人高兴地快速登上音乐厅的楼梯，他有趣地和俄罗斯经纪人不期而遇。总有有趣的误会和混乱，因为经纪人常看错人。有趣的是大家会因此而感到受到了伤害。是的，我们演艺圈里的人只要涉及荣誉，总是敏感的，而观众，凡涉及荣誉总是不敏感的，不过观众也希望成为有用人。请您想象一下，他们是年轻的建筑师，或者女舞蹈演员，或者是名人，那他们的荣誉也就足够了。终于找对了门。音乐声，命令声，穿紧身衣的跳着舞的姑娘们。瞬息的停止。基希立即神采飞扬地奔向年轻的建筑师。喔，谢谢了，您真是太好了，真是感谢！这里是您的汽车钥匙，但是（踌躇），您知道，小姐，这是我上班时间……基希懂了，但有了点小小的失望，马上去抓钱包！不，年轻人紧抓住她的手笑了。您是不是愿意作为感谢和我一块去吃饭？基希这时又笑了。当然，当然愿意。您来接我吗？不过不是在三点之前。好吧，三点钟吧，OK。他走了。女同事们问了：他究竟是谁啊？是个大学生吗？不知道，无论如何，他很友好。他肯定是饿坏了！安娜（衣帽间女管理员），你是不是能借我二十马克，明天还你？我身边只有支票。孩子，那当然。我这个年龄没有哪家银行不知道，尤其城市公园里那个绿门面的银行，过去我总和我的阿尔贝特在那里碰头。观众笑得像在梦中，这样他们看起来更加有些傻乎乎的了。就是他们在家里也常常只有点秘密小钱，不过电视机总放在起居室，电视机大多都放在那里。我该把这个青年人领到什么餐馆呢？基希自己问自己。他准是很饿了。当然是我请他吃饭。镜头切断。汤姆在下面，站在他的保时捷汽车旁。观众充满了期待，现在他们期待的那一刻终于到来！他们已经都知道，他们可以欣赏一下基希惊讶的表情了，可以亲眼目睹了。你好，我在这里。基希站在汤姆的面前。您的脚踏车我们该怎么办呢？脚踏车已经在这里了。汤姆打开了保时捷汽车的后备箱。今天早晨工地上泥泞不堪，我的车没法开动。不过现在……您这车是哪儿来的？基希有点严厉，她不相信她眼前所看见的一切。观众这时像马一样嘶鸣起来。预期的惊讶目的达到了！基希非常惊讶，但观众并不惊讶，他们都已经知道。是的，小姐。汤姆这位建筑师开玩笑地说，这辆保时捷突然在拥挤交通中的一位年轻女士面前抛锚了，于是我……啊，原来是您！您真是个坏小子！现在基希知道了：这辆保时捷是真的，这个年轻人也是真的。您叫什么名字？请允许，我叫汤姆，彼得·汤姆，不过，您就叫我汤姆。啊，您！基希这时快乐地笑得像个小姑娘，虽然她远远不止是一个简单的小姑娘，她是年轻的女舞蹈家！他们这时已经开车走了。走进了易北河旁一家舒适的饭店，穿过饭店到后面，可以在那里的花园吃饭。保时捷可以到处开着走，真不错！女电视观众叹息了，因为在她们身上从来没有发生这种事。当然她们中的许多人也并没有汽车，这或许也是个原因。有时候女电视观众觉得，即使她们淹死了或者出了交通事故，恐怕也没有人会来救她们。必须做女舞蹈家才行啊！那时就有权（有权）去遇上一个建筑师，而不仅仅是遇上一个商店职员了。接着她们总是一起说：我们必须满意我们已经有的。主要的事是：孩子们身体要好。第二件主要的事是：自己身体要好。第三件主要的事是：丈夫身体要好，并且能带钱回家。

英格·迈泽离开了理发店。她已经是可以被视为母亲这样的人了，虽然我们的母亲看起来总是完全两样的。真是令人奇怪，女学徒跳到英格·迈泽的脖子上吻她，并且说：妈妈！英格·迈泽在她头上轻轻地打了一下，然后摇了摇她，把她像一只蚂蚁那样摇了下来。接着英格·迈泽把车开走了。母亲有时也必须惩罚孩子，这使她们苦恼。现在小女学徒深信，迈泽太太是一个真正的母亲。在电视机前我们妇女是一个沉默地献身的集体。电视机前的女性尽管和我们无丝毫的相似，但我们大家都同样是：女性。我们必须团结，我们女舞蹈家、女演员、女歌唱家、表演明星、各种小星星及摄影模特儿。

商店职员往往说：是啊是啊，你们这些女人！仿佛他们理解了女舞蹈家、女演员、女歌唱家、表演明星、各种小星星及摄影模特儿！商店职员只会闲扯。我们女人已经知道你们男人发生了什么事，你们在荧屏上总是很大，但在家里你们都很小，非常的小。好啊，电视机荧屏至少在家里。（好啊，电视机荧屏至少放在起居室里。）

现实

今天我们做一次单位职工集体出游，先乘公共汽车，然后乘轮船，玩得很开心，甚至老板也一起去了。我们很高兴：我们可以做一次单位职工集体出游。我们很高兴，我们可以先乘公共汽车，然后乘轮船。我们很高兴我们能玩得很开心，我们很开心，甚至老板也一起去了。

我们的学徒之家很现代化。我们睡在二至四人一间的房间里。房间的陈设布置很现代化。每个学徒都有一只自己的小床头柜，一只读书用的小灯，一格放物品的柜子。我们可以根据自己的爱好在墙上挂图画照片。我们大多数挂的是演员、流行歌星或者动物的照片。我挂了一张大的猫照片，一只母猫，身边围着许多小猫。我们的学徒之家也有一个小型图书室、一个淋浴室和一间很大的业余活动室，我们可以在那里看电视，有时候那里还举办音乐会、戏剧演出和俱乐部晚会。我们学徒之家对面的学徒之家的学徒也来出席俱乐部晚会。在开音乐会时，女孩子坐左边，男孩子坐右边，中间坐的是教师。我们不可以带可乐或芬达瓶子到房间里来，我们不可以读小说册子，只能读好书。晚上十点要熄灯。晚上十点起我们就不可以再聊天，但我们还是聊，我们轻声地聊。我们当然可以外出，但吃晚饭时我们又必须回到学徒之家。我们也可以在例外情况下多在外面待一会儿，那么女教师就要求一张由成年人为此开出的证明。昨天音乐学校的学生们开了一个室内音乐晚会，演奏了古典音乐作品，那真美。我们更喜欢节奏强烈的现代爵士，但那个我们只能在舞会上听到或者在房间里轻轻地从小无线电里听到。对面广场的学徒们有自己的节奏强烈的现代爵士乐晚会。他们每天晚上在排练。我们每天晚上可以劳作，做剪贴或者给我们的父母和亲戚写信。对面广场的学徒们邀请我们去听音乐会，我们就和女教师们一起跑到对面。饭菜既多又好，早餐、午餐和晚餐都这样，我们中有些人在厂里吃。我们并没有这样的感觉：我们是受到强制的对待。如果没有学徒之家的女负责人，没有女教师们，那么这一切该如何运转得好呢？只要我们中间无人违反学徒之家的规章制度，那么我们总能和女负责人以及女教师们相安无事。她们助人为乐，总给人出好主意。我们不可以和男孩子同行。如果我们中有人和男孩子同行被当场逮住，那么她可能会被学徒之家开除出去。当然，我们当中有些人总悄悄地去和男孩子约会，那就得非常当心。可惜我们不可以去跳舞，因为我们十点钟就必须回寝室。如果听音乐会或者看电影及类似的东西时，男孩子可以坐在女孩子的中间，而不是和我们这样分开，那该多好啊。我们在过道里也必须轻声，不可以喊，不可以将鞋子滑着地板走，因为这样会把地板滑坏，我们到处都是全新的打蜡地板。学徒之家的女负责人为那些圣诞节不回家的人，在学徒之家举办圣诞夜庆祝晚会。有时候我们也一起去远足或去参观什么。学徒之家的女负责人也常问我们，我们在职业学校里是不是跟得上。女教师监督女孩子们，要她们认真仔细地完成职业学校的家庭作业。我们没有坏成绩单，因为我们总有人监督。有时候我们也会听到有关外国的图片报告会。只要我们让学徒之家女负责人签字写一张许可证明，那么我们也可以去电影院。我们只要去看下午场或者说清楚我们要看的那部电影便可。我们只可以看允许青年们看的电影。我们不可以读下流低级的东西。我感到，女教师们禁止这一点是完全对的，因为一个年轻人不是自己一个晚上就能形成一个判断的，他需要有经验的人对他说什么是好的，什么是不好的。我们已经注意到，学徒之家的女负责人和女教师是为了我们好。

有些人是严厉了点，有些却是随和的。但并没有一个人讨厌我们，只是严厉点。我们也学了公民知识课。我们有一次甚至还去参观议会，听了议会的争论。但我们并不喜欢，因为议员们在不断地骂来骂去。我感到，他们应该给其他公民一个好榜样，应该更平心静气、就事论事地讨论。我们也很高兴，我们也能去女教师那里谈我们的困难。有些人还真年轻和时髦。我们不可以穿太短的裙子，也不能穿太袒胸露肩的，就是在厂里企业里也是不可以的。学徒之家应该为我们未来的职业生活做准备，对不对？我们已经有了足够的自由，我觉得。但生活并不仅仅由自由组成。

叙述

金钱不使人幸福。

因此，比如盖尔达不幸福。英格丽特也不幸福。捏造几个故事来表明盖尔达和英格丽特在现实中是如何的不幸福，这很困难。

虽然盖尔达和英格丽特没有钱，她们也是不幸福的。

柯斯特先生问一个他喜欢的人：我可以请您去喝一杯吗？柯斯特先生所喜欢的人被他邀请去喝了一杯。

盖尔达在劳动休息时间在自由活动室里用一根麦管吸着可口可乐。她觉得好喝，盖尔达觉得那香肠面包也好吃。她正在想：米夏埃尔这时请她去喝一杯，他会问：我可以请您去喝一杯吗？盖尔达吧嗒吧嗒地吸着，但同时她吓了一跳，因为没有人是这么吸的。现在盖尔达一点声音也没有地喝她的可乐。

理由：是一个人！忧伤抓住了我，悲苦抓住了我。我心里想着彼得（亚历山大）。他有水平，优雅，知识渊博，极具幽默，面对所有的现实总是一排炮的爱国主义。不是小丑。有勇气说出自己的信念和合乎时代潮流的应对风格。能很好评述时代弊端。既有勇气又有智慧！了不起。她的脸就像荧屏上的一线阳光。灵巧机智，风度又好，如果她再用玫瑰装饰就更好。她也用玫瑰装饰花园（电视节目）。因为他养成了宽容的习惯。他敢于碰棘手问题的作风令我敬佩。

盖尔达经常很惊讶，许多人，比如她的老板，知道那么多的词汇，这些词汇她从来都不晓得。刚才就走过去两位部门经理，说了许多盖尔达还从未听到过的词汇。她忘记了休息时间已经过去。我们的盖尔达在这里做什么？办公室主任问道。有人邀请我喝可乐。老板自己邀请盖尔达喝可乐，这件事她已不能解释了，因为办公室主任把吸管折断在盖尔达的门牙缝里了，吸管断了，盖尔达的血从弄破了的腭部滴到了可乐罐里，可乐已经吸不出来。真遗憾。盖尔达现在已美美地喝过了。欣慰的是：晚上和母亲一起看电视时，她可以要喝多少可乐就喝多少。她用不着把它分给任何其他人。

商店学徒总穿着带彩色领带的西装。其他学徒也经常穿带彩色领带的西装。在业余时间，老板要么穿一条运动裤和一件舒适的套衫，要么穿一身配有彩色领带的西装。学徒们必须节约很长时间才能为自己买上一套配有彩色领带的西装。老板总有好多配彩色领带的西装，仿佛这是不言而喻的。汉斯，你也有一套配有彩色领带的西装吗？是啊，我有一套配有彩色领带的新西装，我穿着它去俱乐部跳舞。配彩色领带的西装给姑娘们印象深刻。西服上装的后面有一个高高的开口。故事说到哪里了？

故事说到这里：老板和学徒在过道上相遇，学徒问候老板，这位学徒穿了一身较旧的西装。这身西装还是他行坚信礼[①]时得到的，现在穿到了办公室。他业余时间有套新的比较时髦的配彩色领带的西装，购自百货公司。老板在单位里穿了一套与

① 坚信礼（Konfirmation），又称坚振礼，新教中进入成年期的一种仪式。

学徒在业余时间穿的相似的西装。老板向对他问候的学徒点点头。学徒向老板叙述：他也有这么一套很相似的西装。老板善意地微笑了。他说：这真不错，您节约了您的工钱。一套西装总是可以让人开心很久的东西。学徒立即晕倒，浑身抽搐得像个羊痫风病人，因为老板和他说了话。他的坚信礼西装变得非常脏。老板点点头往前走了。到了家里，妈妈骂了，因为西装弄脏了。到了家里，爸爸骂了，因为西装让地板油弄脏了。结局：学徒现在穿了一套新的配有彩色领带的西装进办公室，并且在为买一套较新的业余穿的西装节约金钱。与此同时他还要存钱买一部小型摩托车。如果他能穿了他的新西装骑在他的新摩托车上，多美啊！有时候他是这样的不满足。

理由：优雅，聪明，充满幽默，有吸引力。我的电视情人。我已经结婚了——但我的太太也喜欢他。他看起来总是这么滑稽。一位演员，一个一看必会喜欢的演员。他有心和灵魂。他代表舒适。我喜欢年岁较大的人。有深深的人性并且干净。他的笑话真行，不会伤人，真是充满机智、敏捷俏皮的滑稽演员。聪明，优雅，从来不怀恶意。

亲爱的孩子们

我现在几乎给人造成了这样的印象：似乎你们的业余时间全是些可口可乐、跳舞、摩托车、青年俱乐部、配有彩色领带的新西装、现代爵士音乐、流行歌曲及诸如此类。

你们的业余时间却主要是加班加点。有时候你们必须为老板去办点事儿，或者去培训班进修进修。

只有你们把这些都办完了，你们的业余时间才是可口可乐、跳舞、摩托车、青年俱乐部、配有彩色领带的新西装、现代爵士音乐、流行歌曲及许多其他东西。

这就是说，你们的业余时间只有很少的可口可乐、很少跳舞、很少摩托车、很少青年俱乐部、很少配有彩色领带的新西装、很少现代爵士音乐、很少流行歌曲及诸如此类。

一个学徒在回答在他的现代爵士乐俱乐部里是否喜欢的问题时说：我非常喜欢，我最好一直在这里，日日夜夜，一刻不断地在这里。

正像我了解你们的那样，你们根本不会理解这个学徒所说的。享受当然是美好的，但劳动，劳动都是作数的。

这一点我是应该从你们老板那里转告你们的。

叙述后的叙述

今天，伊达·洛加尔斯基太太要执行第一百五十八页上写到的决定了。洛加尔斯基太太自己开了她那部车身上印有她提包商店标志的客货两用车，直到诺伊曼住的位于城郊的小住宅区。她问，诺伊曼先生住哪儿啊？一位家庭主妇回答说，第三条马路朝右第二幢房子。这一幢看起来像其他房子一样。都是一排排单户住宅房。只看见带着小孩子的妇女们。一切显得宁静、安详。洛加尔斯基太太深深地吸一口附近小森林飘过来的空气，这里几乎感觉不到城市的气息。她想：这个诺伊曼在这里可真不错啊！我们却整天要吸进那么多的汽油味儿，诺伊曼还有绿地环绕的一幢小房子。这就已经够了。死一般的静寂。可是总有一点不对头。电视观众们知道，总有一点什么东西恐怕不对头。但是洛加尔斯基太太一点没有预感到真有什么不对头的地方。

电视观众看到这里说不出的高兴，至少他们看起来比洛加尔斯基太太知道得多。一位电视观众对另一位说：注意，有事情要发生了！当洛加尔斯基太太第二次按门铃而里面毫无动静时，四五位其他电视观众或者两三百万其他电视观众对他们的妻子、朋友或孩子们说了：注意，有事情要发生了！

可是洛加尔斯基太太还一直没有起任何疑心。我们大家齐声狂喊：有事情发生了，洛加尔斯基太太！但她还一无所闻。洛加尔斯基太太打开了没有关好的花园的门，走向住房。门关着。毫无动静。现在一切都清楚了，洛加尔斯基太太甚至愣住了（愣住了）。这时一位邻居太太喊了。这位邻居太太看上去像所有电视里的女邻居一样：头上包着一块头巾，手里拿着一块抹布。她喊：这老头儿肯定又喝醉了。接着这位邻居太太像电视里所有邻居太太一样说话了，说了关于诺伊曼的流言蜚语。她滔滔不绝：这个老白痴诺伊曼娶了个年轻女人，两三个礼拜前她却离开他跑了，跟一个年纪轻的私奔了，这之后诺伊曼就酗酒了。女邻居用许多话讲了上面这事儿，说的这些话都是电视观众熟悉的。啊哈！

洛加尔斯基太太突然嗅到了什么。在她一言不发、戏剧性地飞奔向房子后面之前，她先用一块石头打碎了底层一块窗玻璃。这时，电视观众已经知道：准是煤气！他们真闻到了。现在一切就进展得很快了。像所有的邻居太太一样，这位邻居太太很笨，她没法跟上洛加尔斯基太太的动作。她笨拙地站在一边傻乎乎地瞪眼望着。电视观众激动了，他们在脑子里一个劲儿地跟上剧情：洛加尔斯基太太用一块手帕把手包了起来，穿过窗玻璃碎片，抓住窗内的门闩，然后把手帕闷住自己的嘴巴，冲进了厨房。电视摄影机疯狂地跟拍。没错：是煤气！煤气阀门赶快关上，窗户赶快打开！这些都是几秒钟内完成的。洛加尔斯基太太咳嗽了。接着她穿越所有的房间。这里是起居室。诺伊曼躺在地板上，身旁是一只空酒瓶。洛加尔斯基太太摇摇、敲敲、拍拍他。醒过来了。电话在这里，快叫救护车。一切进行得很快。但请别太快，太快了我们就跟不上了，就没法享受剧情紧张的快乐了。现在观众知道：这不是自杀，像我们原先猜想的那样，而是诺伊曼喝醉酒忘记关上火，水烧干了。清楚了，这是一次事故。这就不会让观众认为：对诺伊曼的处境负有一点责任的公司会对一起自杀案有什么过错。现在诺伊曼需要的是：对他职业上的肯定，以便他能摆脱、忘却他的损失。过错、损失、承担的责任，这些词汇都来自职业生涯，来自艰辛的职业生涯，这一切词汇，电视观众在什么地方都已经听到过。

接下去是伊达·洛加尔斯基太太和不久就脱离了危险的诺

伊曼之间严肃的谈话。再接下去的是洛加尔斯基太太和她儿子米夏埃尔，这位年轻老板之间严肃的谈话。但还没有人和电视观众这样详细地对话。电视观众咬着他们的手指甲。他们自己在电视里还没有这样的投入——如人们用专业语言说的那样。结局请看下集。

亲爱的小伙子和姑娘们

要在这样的时候认识一个人：他在关键时刻行动起来像是一个人，而不是像一部机器。洛加尔斯基太太便是这样一个人。许多电视观众必须和机器打交道，他们会马上注意到这中间的不同。洛加尔斯基太太和电视观众所知道的许多人做起事来并不一样。那就是说，在洛加尔斯基太太和别人之间必定存在着一种区别，即不仅仅是洛加尔斯基太太和一部机器之间的区别。有许多种的区别，至少你们中的每一个肯定能为我举出三种。马上就能举出。如果你们在电视里出场，人们也能认出你们和洛加尔斯基太太之间的区别。主要的是：你们还年轻，而洛加尔斯基太太年岁已经不小了。其次是因为洛加尔斯基太太就是比你们重要，比你们将能成为的重要。

现实

人们还没有上车，就已经在围着靠窗口的座位拥挤了。英格丽特抢到了一个窗口座位。总算抢到了。她流着汗，想在位子上伸展一下四肢，让自己舒服一下。可是她并没有想到盖尔达。盖尔达被她的母亲推到了前面。母亲说，你总是这样笨手笨脚。然后给她一个刮鼻子。这里有了一个空位子，可马上有人坐了上去，妈。盖尔达狼狈地说。但盖尔达的母亲是不喜欢开什么玩笑的。她拉着英格丽特的袖子，同时又捏住了她的手臂，她的手臂立即出现了一块紫斑。您没有看见吗？我年岁比您要大。英格丽特红着脸，不过并不让出她的座位。她坚持不让。是我先到，英格丽特说。她是对的！母亲骂道：年岁大一点的人更有权坐窗口座位。您有年轻的脚，可以站么。母亲用拳头打盖尔达的背，盖尔达则用她的新高跟鞋后跟踢英格丽特的胫骨。她希望她的母亲能得到这个好座位。英格丽特对着盖尔达啐唾沫，说：您没有买这个座位，它是我的，因为我先看到它空着。可是这位子是我已经先占了的，我已经在它上面放了一张报纸。盖尔达的母亲终于大声怒吼，并且回啐唾沫。呸，您这只猪。英格丽特不要脸，您不要吐唾沫。这时，母亲举起装着野营用品的野营袋和盛满冷咖啡的野营水壶使劲朝英格丽特脸上摔去。英格丽特的头砰的一声撞到了窗玻璃上，她的嘴巴张了开来，像受惊时那样张了开来。啊哟！她紧接着喊道。这样不美的场面在电视里几乎是看不到的。电视里的不美场面也是不美的，但却是另外一种不美法。它们虽不美，但充满意味。比如波特尔·里克斯的氧气瓶里灌进了一氧化碳，或者奥地利参赛家庭在“为自己要点什么”这档节目里过早被淘汰。

在您朋友身上，什么最使您喜欢？是志同道合；是跟他什么都可以讨论；是他的幽默；是他既幽默又能对别人友好；是跟他什么都可以谈。他并不符合我一直有的理想，我的理想是：身材高挑，壮实高大，深色皮肤及诸如此类。尽管他不是这样，但他友好、可爱。我喜欢他的是：他一直像我想象他的那样。当我还年轻时，我喜欢的是：身材高大，深色皮肤，身体高挑，运动员气质。除此之外，他总给我带点什么，他给我买了许多东西。

母亲和盖尔达抓住英格丽特的双腿，要把她从座位上拖开。英格丽特疲劳得无法抵抗，她的头像一群蜜蜂那样在发出嗡嗡的声响。她昨天还为她的第一次单位举办的集体出游而高兴呢。她专门为此早起了一小时，为的是能得到一个靠窗的座位。现在却闹到如此地步！英格丽特拧着盖尔达的腿部及一切她可以拧到的盖尔达的身体部位，盖尔达在英格丽特的重压下喘着气。盖尔达抽搐着身体，好像被大黄蜂叮了一口。她扭转英格丽特的耳朵，扭得耳朵都肿了起来，她决不肯对此退让。这时突然爆出欢呼声，掌声：原来老板驾到！他一起去参加单位的集体出游。他登上汽车，以便亲自向部门负责人问候。这辆大汽车很新，很现代化，有头部靠垫及其他外加的东西。这时，母亲带着她的盖尔达，还有英格丽特像弹簧一样，刷地从座位上跃起，一个撞上了另一个。我可以把我的座位让给您吗？老板，这里还有一个靠窗的空座位，还是顺方向的。这里，老板！母亲把盖尔达高高地举起，试图把她放进行李架上，这样她就可以完全不妨碍道儿了。这里还空着，英格丽特用最后的力气大声喊道，这里！母亲汗水直下，只怕老板会坐到别的地方。老板（柯斯特先生）友好地朝嘈杂声传来的方向望了一下。这时，一位数据制作员跳到母亲身边，抓着她的头发把她拖走，与此同时，另外一位职员把这两个学徒像对付足球一样夹着带跑，许许多多的手把这三个人塞到另外一个座位上，这样就把她们完全赶开了，老板就得到了一个舒适的座位。谢谢了，诸位（一片笑声）。不过，我坐自己的车子走，我们到旅馆里再碰头吧。说着，老板已经下了车，跳进了自己的轿车。没有一个人因此对老板生气。许多人自己在家里就有一辆漂亮轿车，但今天他们大家同乘一辆大汽车，这就变得有趣了！母亲、盖尔达和英格丽特这时又可以爬出来，而且可以把自己弄弄干净了，因为地板上有油渍。盖尔达的白色夏装算是完了。许多愿意帮别人一把的手递来纸巾、餐巾纸及诸如此类的纸，大家友好地帮着弄干净，一切都又好起来。啊——干净了！司机，可以走了！今天这么好。盖尔达心里想，这件新衣服真遗憾。英格丽特在想：但愿看电视的时间我们能重新回到家。母亲在想：电视是好的，大自然其实更好。真好：我们这两个都有。既有现实，又有电视！大家在想：我们能为自己进行挑选。挑现实，还是挑电视呢？

叙述

儿童游戏室里今天又一片闹腾。安静！英格·迈泽试图把愤怒的情绪平息下去。托米喊得最响，他一而再再而三地把他的大彩球扔到学校的栅栏外，接着又要人捡回。迈泽太太呻吟着弯腰，一再捡起玩具。她对托米说：我的天才小伙计。当托米把球扔到她的头部时，她给了他一下上勾拳，弄得他满耳嗡嗡叫。他的游戏伙伴米夏埃尔一再把他沾了苹果汁的小手在他妈妈伊达·洛加尔斯基太太的围裙上揩着。终于她对他的这种举动讨厌了，她反扭米夏埃尔的手腕，扭得恐怕是要断了，还是双手仅仅扭伤了？但无论如何米夏埃尔号叫得仿佛双手已经折断了而不仅仅是扭伤了。不过扭伤或者撞伤也都会很痛的。上帝保佑，米夏埃尔在办公室里有足够的孩子可以惩罚，他可以反扭他们的手，或者撕扯他们的耳朵，或者反旋他们的头。

礼拜五下午四点钟，一周的劳动结束了。礼拜五下午四点钟我感到多么幸福和自由。盖尔达小步跳下柯斯特大楼的台阶，并且还唱着她的小曲。礼拜五的晚上要么属于电视，要么属于现代爵士乐俱乐部。一周的其他日子属于柯斯特先生，但礼拜五是自由的！许多其他的学徒和职员也是自由的（自由的）。当然，在办公室里他们也并不是被关押的。但盖尔达认为，在办公室里也绝不是自由的。每当晚上打开电视机，在她耳边就响起了这首美好的歌：礼拜五下午四点钟，一周的劳动结束了。礼拜五下午四点钟我感到多么幸福和自由。有时候盖尔达在电视里也可以注视老板的儿童游戏室，但却有厚厚的荧屏隔开着。接着她注意地看：托米·菲施怎样吃苹果，怎样让一位年轻女演员长长地吻着。她也看见：波特尔·里克斯如何为他的小青年带来冷牛奶，她感到高兴，因为放在她旁边的有更好的东西——一瓶可乐。这位盖尔达日子过得不错。有时候她观察英格·迈泽，仿佛她是一位母亲，像她自己的母亲。当母亲给了她一记耳光，盖尔达知道，这是我的母亲，不是洛加尔斯基太太。这时候盖尔达完全知道：这是现实，不是电视。盖尔达感觉到了这一点，电视更美好，它不会使我痛！它不会使人痛，尽管人们在经历着。

有时候柯斯特先生也坐到小厩栏的旁边去，观察一下他心爱的，这时洛加尔斯基太太就会警告：别吵，声音轻一点。人们可以向柯斯特先生说出意见，但人们必须做他所命令的。每当他的米夏埃尔透过栅栏、透过盖尔达的大腿看到什么并把它像件湿衣服那样拧绞时，柯斯特先生也会由衷大笑。接着是一声喊叫，叫声会一直传到大楼的最高一层。柯斯特先生还一直在那里会心微笑着把拳头塞在学徒嘴里，为的是让他安静。盖尔达马上倒下了。晚上看电视时，盖尔达在设想：她在众人面前得到了老板的称赞。每当她在设想她如何在众人面前得到老板的称赞时，她很快想到别的事上了，然后就紧并膝盖。这个想法让她感到非常舒服，以致她不能把它想得很长，她更情愿想她的波特尔·里克斯。在现实里，她肯定是碰不到他的。如果她能碰到波特尔·里克斯，他一定会对她好得不得了的。

礼拜五下午四点钟我高兴有和你在一起的时间，礼拜五下午四点钟在我的面前是充满了阳光的日子。我的口袋里满是金钱。世界有两天属于我。学徒盖尔达和英格丽特，还有其他我们还没有认识的学徒，像着了魔似的高兴。他们的口袋里装满了钱，以致步伐沉重地向前走着。他们到处一堆堆付出——金钱。柯斯特先生用他的金钱购买房子、汽车和诸如此类的东西。学徒们知道，这一切并不使人幸福。他们在电视里很注意地看着：用钞票能干些什么。在电视里，有许多钱的人常常有许多困难，有时候他们甚至丢掉了他们的财产。盖尔达和英格丽特就不会发生这样的事情。她们为摩托车、衣服、旅游、照相机，还有其他的顶尖好东西而节约金钱。一个学徒说：活该！柯斯特先生没有摩托车，但我不久就会买一辆的。有两天时间，电视里展示的世界属于盖尔达和英格丽特。电视同时向她们展示：她们用钱可以干些什么。另外一个真实的世界当然属于柯斯特先生，但它也并不怎么让人兴奋，总是无聊乏味的“派对”、高尔夫球及诸如此类。不，那我们的弗利珀有更多更叫人兴奋的有趣的冒险经历。每个学徒是他自己的小小的小弗利珀，每个学徒祝愿自己是小小的小波特尔·里克斯。如果日子不是这样充满了阳光，这个世界也很好。但是日子大多数充满了阳光。除此之外，看电视总可以在房间里！

托米和米夏埃尔也抓住英格丽特的头发，把头发绕在手腕上，并且把英格丽特的头向前拉到幼儿围栏，然后他们试图让英格丽特穿过幼儿围栏，把她拉进他们的圈子，可是英格丽特的头太大，当米夏埃尔要把她的头塞进围栏时，英格丽特的头发出咯吱咯吱的声音。这时柯斯特发出了必须绝对服从的命令：英格丽特待在外面，米夏埃尔和托米待在里面。但如果米夏埃尔可以从围栏里出来，那么柯斯特先生就允许他对着英格丽特的头部朝着围栏敲击，直敲到头颈留在外面。英格丽特的痛对外面更多的人是一桩游戏。下雨天人们为里面的人玩游戏。柯斯特先生为了他的学徒们希望有更多的大晴天。

然后我们两个去跳舞，对我说来，这是最美好的日子。这时我会对你说：我是多么幸福。

英格丽特同盖尔达和两个与她们差不多的学徒去跳舞，对她们说来，这是最美好的日子。盖尔达的学徒对盖尔达说：我是多么幸福。英格丽特的学徒对英格丽特说：我是多么幸福。她们四个出于高兴傻头傻脑地奔来奔去，她们相互拥抱，不断表现出她们是多么幸福。盖尔达和英格丽特试图不断这样地跳舞，如同她们在电视里看到过的少女“派对”里的少女那样。她们几个钟头地鉴赏衣裳、试着发式及诸如此类，做着荧屏前也可以模仿的事儿。如果人们没有温顺的海豚，那就必须去跳舞。如果人们没有工厂，那就至少得在工厂里干活。一个学徒说：干活使我快乐，因为劳动，它构成了整个生命。除此之外，人们总想成立一个家庭。盖尔达和英格丽特是那种人们可以与之成立家庭的人。她们绞尽脑汁，在哪里能为她们以后的孩子找到一头温顺的海豚。她们绞尽脑汁，怎样才能为她们以后的孩子弄到一家工厂和找到一个像柯斯特先生那样的老板。一个好老板很重要，一份好工作也很重要，这一点母亲一直说起。帕特丽齐亚不用绞尽脑汁想，她以后如何为她即将出世的孩子弄到一家工厂，因为她已经有了一家工厂。因此帕特丽齐亚可以无忧无虑地享受看电视的乐趣。学徒们没法像帕特丽齐亚那样无忧无虑地享受看电视的乐趣，因为弗利珀又一次处在危险之中。一只盘状水雷正在四处漂着！但愿他能拯救自己。当死亡威胁着弗利珀，人们怎能无忧无虑呢？

嗯，亲爱的孩子们！

你们大家，再跟着写一下这段文章：礼拜五下午四点钟，一周的劳动结束了。礼拜五下午四点钟我感到多么幸福和自由。我有满口袋的钱。世界有两天属于我。礼拜五下午四点钟我高兴有和你在一起的时间。礼拜五下午四点钟在我的面前是充满了阳光的日子。然后我们两人去跳舞。对我说来这是最美好的日子。我会对你说：我是多么幸福。

这时人们只能说这么一句：去吧，照着去做吧！

正像已经说过的，情况也可能是这样：礼拜五晚上有个特别好的电视节目。跳舞那就当然只好告吹了。当然人们看电视时也可以是幸福的和自由的。还有一个好建议：如果这两天，世界也许已经属于别的某个人，那么你们礼拜六和礼拜天也最好坐到电视机前，尤其是在礼拜六。礼拜六总有叫人激动的家庭竞赛节目！这比办公室好，而且竞赛节目还长。

现实

为什么您到这家现代爵士乐酒店来？因为在同龄人中间我感到愉快；因为我喜欢跳舞喜欢听音乐；因为这里总播放热烈的音乐唱片；因为我喜欢到外面来；因为我喜欢和同龄人在一起；因为这里一切都好，音乐、跳舞和其他一切；因为我不喜欢坐在家里；因为我喜欢现代爵士音乐；因为我自己想在一个爵士乐队演奏，并且在这里我可以听到所有的唱片。这里我一切都喜欢，因此都不想回家了。我愿意一直待在这里，从白天到黑夜；因为我想从单位中摆脱出来休息一下；因为我女朋友喜欢跳舞，而我不怎么热衷。我和我的朋友在这里。我们说，声音嘈杂，但我还是喜欢，人们可以真正把音乐听进去，这是跳舞用的好音乐，就非常喜欢在这里。如果人们每天劳动八个小时，那就需要些别的什么了，要在劳动之外换点新鲜的。我每天到这里来，我非常喜欢这里。我在这里喝得不多，我只坐坐，听听唱片，因为他们总放好唱片；因为他们总有热烈的音乐；因为我喜欢新的流行音乐；我真喜欢这里；因为我喜欢和年轻人在一起。在单位里我是唯一的学徒，其余全是老年人；因为我喜欢把自己打扮得漂亮，喜欢去跳舞；因为我喜欢；因为这里我喜欢。

如果老板订了婚，女秘书就不顺心了，就怀有敌意了。她偷偷地在化妆间里哭。她回答得圆滑，她在玩弄旁敲侧击。她偷偷地爱上了老板。她试图使老板妒忌。她在办公室里出错儿。有一次在女工更衣室里，一个有三百先令的钱包不见了。女秘书在那里洗过手，尽管她没有要去那里找什么。工厂职工委员会坚持要查她的更衣箱。职委会说，对一个女工来说，三百先令不是小数目。女秘书拒绝交出钥匙。职委会说：那我就要叫警察了。老板说：请不要这样，没有什么丑闻，不必叫警察，我爸爸会气疯的。职委会坚持。女秘书说：休想叫我打开更衣箱，我没有钱包。老板说：我知道你没有钱包，不过还是请您打开更衣箱，您，孩子。不，无论如何不！来了好消息：钱包找到了。女秘书哭了。老板坚持要女工道歉。女秘书说，她不要道歉。老板说：女工会道歉的，您也会接受道歉的。请您理智些！女秘书回家了。这时老板注意到：更衣箱没有关上。门发出了尖锐刺耳的声音。他把门完全打开了。更衣箱里挂着他在上次单位集体出游时拍的一幅照片，用图钉钉着。老板笑了，接着他也回家了。

为什么您在这家现代爵士乐酒店里？因为我不喜欢一直坐

在家里。长时间地看电视会长时间地乏味无聊；因为我想和同龄人一起消遣消遣；因为我想在这里碰到我想碰到的人；因为我就是喜欢待在这里；因为老年人老在家里争吵，在我旁边嚷个没完，因此我情愿到这里来，这里我可以听听好唱片；因为我总得和我的女朋友到一个什么地方去；因为我在这里会我的朋友；我虽然并不十分喜欢，但我还是跟着一块儿来了。我父母总是看电视，每当我放上唱片，他们就马上喊了；因为我喜欢跳舞；因为我喜欢听音乐；因为我喜欢这里；因为这里声音大，嘈杂，人不必讲很多话。我承认，声音是大的，嘈杂的，但大声、嘈杂就是好。

我们的摄影模特儿林恩·萨瑟兰有许多业余爱好。她喜欢烧菜。她自己制作有趣的首饰，想出有特色的发式。有时候她还和我们的摄影师竞争，“击倒”她的女同事们，虽然更多的是为了私事。但她最爱的业余嗜好是睡觉，每天睡十至十二小时。所有这些附带活动之外，她还能找到为她的职业——摆模特儿姿势的时间，这真是非常令人瞩目的。

同家里相比，我更喜欢这里；因为我喜欢和同龄人在一起听音乐；因为我喜欢跳舞；因为我的朋友喜欢这里；因为我喜欢流行音乐。我真想一直在这里，从早到晚，永远不再回家或者永远不再去干活。如果我的老板看见我在这里，他恐怕会说：我不知道，他表演得是不是像……像一只猴子，总之不像一个人。不过我很喜欢在这里，因为我喜欢听这音乐。

盖尔达心想：有些女孩子穿过马路，仿佛这马路是属于她们的，自信优美。盖尔达穿过马路，仿佛这马路是属于别人的，胆怯腼腆。

亲爱的小伙子和小姑娘！

是的，盖尔达可说对了，是不是？人们根本没注意到有些人横穿马路所花费的努力。他们把一只脚放到另一只脚的前面，仿佛他们的双脚只是为这个而做出来的。他们经常提着包和书或诸如此类的东西，这些东西盖尔达或英格丽特是难得提的。对盖尔达或英格丽特来说，许多汽车几乎都是无法解决的问题。她们先看左边，然后看后边，然后为了安全起见，再看看左边。她们小心翼翼，她们不会跑得这么快，因为她们不从事运动，她们更多的是坐着工作。有时候盖尔达认为，这问题出在双腿上，或者因为：这些姑娘衣服穿得漂亮。但是当盖尔达买了一件新的连衣裙，她注意到：问题不在这上面，她还是先朝左看再朝右看，几乎恐惧不断。除此之外，不管她在干什么，她总是没法看起来漂亮。人们没有注意到有些人保持立正姿势花费了多少努力。盖尔达天生有点两样，盖尔达更加腼腆，更加怕羞。你们更多的是常常运动的姑娘。我说得对不对？

叙述的结束

电视节目“为自己要点什么”。出场的客座明星是吉尔贝·贝科[①]。观众们疯狂鼓掌，掌声中还部分地掺进了狂喊和欢呼！好啊，吉尔贝！好啊，一万伏特先生！吉尔贝来了，他马上就唱开了。他唱着，仿佛他已经为此得到了报酬。他唱得很长。他是愉快的，他散布着好心情，即使没有一个人懂歌词或者很少人懂歌词。现在他甚至跳起舞来，这位明星。他与观众中坐在第一排的一位胖太太跳舞。她穿着一身黑色的高级连衣裙。他对着她唱，她变得满脸通红，非常狼狈。她一方面感到受宠若惊，另一方面在众人面前在摄影机面前她又很觉难熬。吉尔贝所唱的她一个字也不懂，这一点人们已经看出来了。然后，这位优雅的法国人还跟她跳舞。他把她从她的座椅上拉起，在圈子里和她快乐地跳舞。这位女士满脸通红，汗流不止，像一头猪，深觉害臊。但这个胖太太还是唱着，仿佛她为此也得到了同样多的报酬，像一万伏特先生一样。这整段时间里她在

---

① 吉尔贝·贝科（Gilbert Bécaud，1927—2001），法国歌唱家。因歌声热情奔放，活力四射，被誉为“十万伏特先生”。后文“一万伏特先生”疑为作者故意误用。

想着：看见她和吉尔贝·贝科在电视里跳舞，她的熟人们不知对此会说些什么。她一直在笑着，虽然她已羞得要死。她因为狼狈而笑。对的，与这样一位明星相逢不是那么容易的，我们中一个也不可能。

再谈英格丽特。有一次，米夏埃尔的母亲伊达·洛加尔斯基太太把她当作了女秘书，并且向她询问了一件事儿。她说：亲爱的小姐，上礼拜我在主管办公室看到过您，您该是女秘书吧。英格丽特骄傲得几乎要折断腿了。多好啊，今天她穿上了美丽的服装，这套服装她过去只在和母亲外出时以及礼拜天才穿的。她这时一声不响，脸变得越来越红。洛加尔斯基太太问道：您能告诉我吗，我的儿子，那年轻的主管是不是在大楼里？英格丽特深深地吸气，失望地吃吃地说了是和不。我今天还没有看见过他。洛加尔斯基太太突然和她讲话，她真是完全不知所措了。这时部门经理已经走近，他马上注意到发生的事情。他把英格丽特的右腿高高举起，以致她失去了支撑，并抓起她的头朝墙撞去，像把一只虫拍向一盏灯一样。接着他把她整个瘦小的身体猛一下拉到自己身边，以致英格丽特完全摔倒，像块香蕉皮似的啪一声倒在地板上，或者像包黄油面包的纸，或者像一只落到地上的蛋，或者像其他啪一声丢在地上并在地上沾了一个渍的东西一样。亲爱的小伙子和姑娘们，你们还可以再想出些别的比喻。无论如何她现在就是那个样子倒在地上了，并且羞得半死，因为她的裙子很短，人们可以看到她的内裤，因为部门经理和许多别的职工能够看见她的内裤，而这内裤却不怎么好看（好看）。

那位身穿金色服装肥胖的五十岁的太太恐怕也感受过类似的场面。她必须在放松表演时钻进一只袋袋，并且还要这样小步跳跃到舞台那一端的尽头，再从那里带一只盛着布丁或类似东西的盘子，不许倾翻，回到原处。当她爬进袋袋时，人们同样可以从下面一直看到她的肚脐眼。她穿着一条长长的白色棉内裤，她肯定难为情，像一个妈妈对一个孩子说“真不害臊”时一样地难为情。

但尽管如此，他们做着一切人们向他们要求的。真奇怪。你们不也这样感觉吗？

瑞士参赛家庭的母亲必须在荧屏上看着：她的丈夫为一个吻如何请示埃尔克·佐默。他以为没人看见自己，其实摄影机还有百万双眼睛正对着他呢。多么尴尬。瑞士母亲大声笑着，她像一匹骏马一样嘶鸣，可内心她真是羞得满脸通红，她的眼泪几乎滚落下来。多么苦恼。最后她还必须在最后一轮的集体表演中让她的孩子们责备妒忌是她最坏的本性！她大笑着，尖叫着，但她是真的受到了伤害，她耗尽了精力。那等着吧，我们在家多好！没人看到多好！可是“妒忌”作为大家一致的看法，赢得了许多分，以致胜利属于瑞士家庭，奖品是：一次美好的旅游！真太好了！但先得算一下值不值。瑞士母亲大笑着，在维维及迪特马尔这里，一切是这样有趣。她难为情的是，她以为她真的疯了。

不过工人家庭，当他们在公开的舞台上由别的家庭接待时，他们并不难为情。他们说：我可以给您端上些什么吃的？请坐。他们真的骄傲，他们有这一切，有家具及诸如此类，是多么好。大家有的都一样。尴尬的只是他们去拜访老板时，那就难为情了。

哈，我亲爱的年轻朋友们

这对你们来说也是不习惯的：这么多的人都瞧着看。请相信我这一点。

但你们肯定也有过羞得无地自容的时候。你们只要好好想想。在职业生涯中，也在家庭里，这样的时候够多的，当然在职业生涯中更多，那里总有那么多不熟悉的人！施特尔家庭真是尴尬，看着他们的女儿莱奥妮穿着透明的衬衣，这对你们说来肯定是少见的，但够尴尬的了。比如当老板当着众人，或者另一位老板向你们怒骂，你们会感到你们的脸僵了，嘴角在抖动，仿佛你们已无法控制它们，脸一直羞红到耳根，一直羞到头顶，你们感觉到过这种情形吗？这种时候你们看起来总是那么难看，以致还有些人看见你们这种情况后马上和你们一块儿感到难为情。你们这时当然希望马上跑开，可你们还得待着，待着挣钱。与此相反的是你们的上司，他们喜欢站在你们旁边，他们高兴看到：你们怎样把你们难看的脸埋到你们手心里，而不再能透过手指缝东张西望，他们还用黑的颜色涂抹到你们的手心里。你们再想想，这多么有趣：当你们抬起你们满面羞涩的脑袋时，扑面而来的是柏油般的黑东西！招来巨大的笑声。赶快进盥洗室洗手，这样你们可怜的脸重新有埋的地方！好在你们在家里的太太和孩子们看不见这样的情景！

叙述后的叙述的结束

今天诺伊曼（康复）第一次可以走进办公室了。他不习惯地羞涩地在手指间旋转着他的便帽。这时一位女秘书来喊了一声：诺伊曼先生，请您到年轻老板那里去一次。大特写。人们真正看到面部表现出来的思想。诺伊曼先生知道，他要被解雇了，由于自己的过失，真是活该。现在事已如此！像告别似的，他再次看了看他曾经建设起来的一切，然后脱下工作服，走进电梯。他知道，等待着他的会是什么。他将鞠躬，他认识到他自己的过错。他真想没有发生过这样的过错，但他办不到。发生过的事，没法再使它倒转。他羞惭地敲敲门。米夏埃尔有朝气的声音：进来！诺伊曼先生走进房间。里面是一张极大的写字台，台子上堆满了纸张和书写用的杂物（对像诺伊曼这样一个搞实际工作的男人，这都是些多余之物，哈哈）。除了年轻的老板，一个女秘书，还有一位广告主任，诺伊曼略略有点认识他们。战后那时，人们还不怎么和这些新式的时髦东西打很多交道，可现在人们需要这些昂贵的宣传画、广告纸及其他等等。诺伊曼感到很难为情，他必须在所有这些人面前接受解雇。他低下了头，准备说些什么……这时，米夏埃尔对诺伊曼说话了：请您看一看这个。广告主任打开了他一直拿在手里的一卷纸，诺伊曼惊讶了，他说不出话来，人们看到了他如何地惊讶，如何地说不出话来，他紧缩全身，只是傻傻地望着。在广告纸上，一个超过真人大小的他自己的脸正对着他看！有这样的事！旁边还写着：此人乃我们的咖啡专家。你们已经知道柯斯特咖啡了。然后是一行小字：有奖大竞赛。详情请垂询购买商店。下面用同样巨大的字母写着：您可以信赖此人。诺伊曼真以为有人把他全身都撕碎了。电视观众不知道，他将笑还是将哭，或者两者都有。米夏埃尔巧妙地掩饰了这个老人的狼狈，说：我们现在开始搞有奖大竞赛。我们要求我们的顾客注意他们买的咖啡包装袋，注意检查坏咖啡豆，如果有人买了一包不能用的，可以退货，并可获得三包的赔偿。这难道不是一个极妙的主意吗？这时诺伊曼还一直不知道说些什么好，年轻老板接下去说了：我们这是一箭双雕。您的过失得到了弥补，而我们则赢得了新的顾客。这次广告行动会获得巨大成功。诺伊曼，您会看到的。您知道吗，谁给我们出了这个好主意？我的母亲。正当诺伊曼开始吃吃地说话，流下口水，并试图去抓米夏埃尔的手，准备握它时，正当他的眼泪在面颊上流下来时，米夏埃尔说：诺伊曼，您应该去谢谢她，她为了这个，给了您一次机会，您用好这次机会吧！如果这一次又发生先前那种事呢，诺伊曼？两个人，老的和少的都深深地瞧着对方的眼睛。诺伊曼只能哭着摇摇头，紧紧握着米夏埃尔的双手。他尽管因为手被握得太紧，使脸都扭歪了，但还是笑笑说：您去上班吧，一切如常，您可以放心了。然后又诙谐地说：如果人们能在每个街角欣赏到自己的照片，那会有什么样的感觉啊？

诺伊曼还不知道，如果人们能在每个街角欣赏到他的脸，将会怎么样，但这肯定是很舒服的。肯定舒服的是：突然不再是个无价值的人，而成了个有价值的人。他将马上在下面烘焙房里和工人们大声喊着干活儿了，不会再有人说三道四了，因为诺伊曼甚至已经登上报纸了。不过，尽管如此，诺伊曼谦虚了，谨慎了。此外，他已非常清楚，他不谦虚将会发生什么。这就是说，人们不会让他再不谦虚了。

不过，这照片确实不错，真实得像现实生活中一样。（真实得像现实中的一样，几乎比现实还要真实些。）

再说一遍你们好，我亲爱的，我又来了。我不再经常来了，这真会使你们遗憾的

看起来真的是这样：结局好，一切都好。

在电视里，所有这些事情都有一个结束。可是事实上人们总有这样的感觉——它们还在不断地开始，也许这是因为这些事情如此长地在继续着的缘故。

如果你们读这本书的话，也许现实甚至还要继续下去。你们不认为，它对一部好作品来说已经太长了吗？没有人能这么长地看下去而对这一切又不感到头痛的。

现实的结束

帕特丽齐亚刚刚生下孩子，她躺在医院的私人病房里，主任医生亲自陪在她身旁。米夏埃尔在走廊里不安地走来走去，吸着数不尽的香烟。柯斯特先生——帕特丽齐亚的爸爸——每

隔一刻钟打一次电话，打听孩子是不是已经生了，他正在进行一次重要的谈话，没法走开。

孩子刚刚要出世，头几乎在外面了，帕特丽齐亚在大声喊叫。这也算一次不寻常的事情，一次开始时很疼痛、但一旦克服后就再不会去想疼痛而只会去想欢乐的事情。

如果是一个男孩，就叫他沙夏。如果是一个女孩，就叫她娜塔莎。

盖尔达和英格丽特叫盖尔达和英格丽特，没有别的叫法。

整个孩子马上就要生出，年轻的接生员干起来又快又灵活。生下的是男孩，真好。帕特丽齐亚想：爸爸会很高兴。这是一个沙夏，他已经出世了，他在大声号叫，是个健康的孩子。我们祝贺。大家神采飞扬。教授先生诙谐地说：他现在就想继承他的工厂了，这个小家伙。帕特丽齐亚有点疲倦，但幸福地微笑了。孩子已经生出，已经出世了。

正像我已预言的：痛苦已经被忘记了。

盖尔达和英格丽特有时候觉得：她们现在十六岁经历过的痛苦，是她们一百年都不会忘记的。目前她们高兴的是单位里要为庆贺这件令人快乐的事情而举办的欢庆会。她们在帮着装饰办公室。一位职员甚至从自己的花园里采来了鲜花。这鲜花真漂亮。到处在为洗礼礼品筹钱。讨论开始了：该为孩子送一件实用的礼品还是一件特别的礼品？大家赞成送一件特殊的礼品。他们还有几天可以考虑的时间。盖尔达上次生日母亲送了她一根特别的表带，这算是一件特别的东西了。可是表带怎么和一个婴儿相配呢？

盖尔达不断在考虑礼品的事，她已经想到合适的了，大家将会称赞她，因为盖尔达想到真正合适的礼品了。她像孩子一样在为大家的称赞轰动而高兴。

不过当她在工作时考虑得过多，办公室主任会突然用手指头点她一下，这个时候她即使说：我是在为老板的儿子考虑问题，也不会对她有用，因为办公室主任认为，她只会想着她自己。

你们好，再见，亲爱的年轻朋友们

明天，在你们的面前，又是一个艰辛的日子。

为了你们的职业，你们需要有一种特大的勤劳和天赋。

当然为你们甜美的樱桃点心你们还需要满满一份掼奶油。快跑，在电视剧《警官》开始前，赶快把它取来！

当荧屏一暗，你们找一只合适的碗就不那么快了。

译后记

二〇〇四年诺贝尔文学奖获得者、奥地利女作家耶利内克的名字，对中国读者来说已不再陌生。这位生于二十世纪四十年代的作家属于奥地利当代第三代作家群体。奥地利当代第一代作家的代表有诗人保尔·策兰、一九八二年诺贝尔文学奖得主埃利亚斯·卡内蒂（他虽然后来加入了英国籍，但习惯上仍把他列入奥地利作家）等等。二十世纪五十年代后走上文坛的第二代作家代表有彼得·汉德克、托马斯·伯恩哈德、英格博格·巴赫曼、恩斯特·扬德尔，等等。属于第三代作家的是七十年代前后走上文坛的作家，如耶利内克、米歇尔·夏朗，等等。自第二代开始，当代奥地利作家在创作上的特色便是语言上的创新、对传统语言激烈的反叛。他们普遍遵循奥地利哲学家维特根斯坦的前期语言哲学，深信“语言的界限便是思想的界限”。他们虽没有否定语言是思想表达的工具，但又深感传统语言限制了他们表达思想，阻碍了他们表达反叛的意识。于是他们要创新语言、改造语言，突破、推开传统语言规范对表达思想的束缚和限制，拓宽他们思想的界限。这样，他们就必然要在创作中不断进行语言创新（从语法、标点、用词等方面）。汉德克还认为，传统语言使我们陷入了传统思维和传统思维方式的陷阱，传统语言是对人思想（思维）的折磨。这些理论，毫无疑问都极有见地。

二战后奥地利作家因反叛传统语言而造成的语言创新，是当代奥地利文学难懂的重要原因。不论汉德克、伯恩哈德、巴赫曼、扬德尔，或者维也纳具体诗诗派，甚至第一代作家策兰……都是激进的语言革新者。第三代的耶利内克也不例外。正因此，习惯于传统语言的读者往往一时会接受不了这些作家的创作。但如果细心品味，你就会发现，他们的语言创新并非毫无价值，也并非吓唬读者。

《米夏埃尔》（一九七二年）这部小说是耶利内克的早期创作。因此，在这部作品中，虽有语言创新，还不算极反传统。但是小说开头的一万字读起来特别费劲。小说在语言上的特点是：所有的词汇全部小写；除了少量问号、惊叹号和句号，不用任何标点符号。阅读时，读者必须自己“断句”，自己在脑子里加上标点符号以便读懂（为了中国读者阅读的方便，译者加进了不少标点）；句子和句子、段落和段落之间，常有不少“跳跃”，读者必须自己在脑海中添上句子，自己去设想，以便把句与句、段与段联系起来，把“跳跃”形成的“空缺”填补起来。

译者认为，作者这样做的目的至少有两个：读她的作品必须全神贯注，不能一目十行，不加思考。因为小说中有不少地方，上下文是很难连接的，而且有不少地方，情节上是不“通”的，语言上也是不“顺”的。全神贯注的阅读必会引导读者思考作者这种语言表达背后蕴藏的思想内涵，这就达到了作者预定的目的。再者，这样的语言革新表达了作者的反叛意识。对传统语言规范的反叛体现了对传统社会规范的反叛，即用对语言传统形式的反叛表达作者对社会传统形式的反叛。作者反叛的是：社会既定的生活方式、人际关系（这部小说重点的反叛内容）、司空见惯的社会现象……

小说结构上的特点是作者把几件事情、众多人物一段段地镶拼交叉起来叙述，不采用传统的线性结构，而是采用多条线索平行的叙述结构。耶利内克自己说，她深受德国剧作家布莱希特的影响，因此她希望读者思考，不要单纯听她讲故事。读者不必去关注主人公的命运，而要思考主人公为什么会有这样的命运，主人公该如何去改变自己的命运。这部小说没有描述性的语句，非常口语化、大众化，是“对话白描”，受教育很少的普通青年都能读。正因如此，对不了解奥地利日常生活口语的译者和东方读者便有了一定的难度。但更加有难度的恐怕是小说中一些象征性的（不合常情的、怪诞的）描述。比如米夏埃尔虽已与富商之女结了婚，但他的妈妈洛加尔斯基太太有一次竟然还要为儿子上班前垫好裤裆里的尿布。再比如，办公室主任竟然在办公室里随意强暴、捆绑下级女职工，撕破她的上衣吻她的乳房；英格丽特的母亲可以随便打自己女儿耳光……这一切不现实的、夸张的、怪诞的描述究竟意味着什么，还需读者自己思考。

《米夏埃尔》否定司空见惯的社会人际关系，它为穷人的不平等地位鸣不平（如小说中的学徒英格丽特和盖尔达），蔑视高高在上的有钱（权）人，唤醒无聊度日的为“电视”（媒体）控制的普通人……作者认为，人有了钱后（即有了权后），思想方式、生活方式就会有所不同，就会有优越感。因此这个社会里，人人都努力追求金钱（追求权力，想当官），都羡慕金钱（羡慕权力）。甚至连清高的知识分子也没有例外。

也因此，作者给这部小说一个“清高的”副标题：一部写给幼稚社会的青年读物，即作者认为这个人类社会是低等的，初级的——幼稚的。这个副标题又使我们联想到已故德国剧作家海纳尔·米勒的论断。他认为在无阶级的社会之前，是人类的史前时代。什么叫“史前时代”？我认为，“史前时代”就是蛮荒时代，就是野蛮时代。

余匡复

二○○四年十二月